La nuit des aventuriers

Du même auteur

Le Siège, Les Belles Lettres, 1992.

L'ABCdaire de Paris, Flammarion, 1998.

Paris céramique, les couleurs de la rue (en collaboration avec Laurence Chaudun), Somogy, 1998.

Le Paysage, les Ploucs et moi, Éditions du Rocher, 2002.

Le Promeneur de la petite ceinture, Actes Sud, 2003.

La Majesté des centaures : le portrait équestre dans la peinture occidentale (prix Pégase 2007), Actes Sud, 2006.

Le Cheval dans l'art (collectif), Citadelles & Mazenod, 2008.

Haussmann, Georges Eugène, préfet-baron de la Seine, Actes Sud (réédition augmentée de *Haussmann au crible*, Éditions des Syrtes, 2000), 2009.

Paris et son double, Nicolas Chaudun, 2010.

L'Été en enfer. Napoléon III dans la débâcle (prix de la Fondation Napoléon ; prix Drouyn de Lhuys de l'Académie des sciences morales et politiques), Actes Sud, 2011.

Octave roi, Pierre-Guillaume de Roux, 2013.

Des nouvelles du front, Le Passage, 2014.

Le Studio Delton. Miroir du temps des équipages (dir.), Actes Sud, 2014.

Le Brasier. Le Louvre incendié par la Commune (élu meilleur livre d'histoire de l'année par le magazine Lire), Actes Sud, 2015.

Un Centaure au crépuscule : Alexis L'Hotte, Actes Sud, 2016.

L'Île des enfants perdus, Actes Sud, 2019.

Nicolas Chaudun

La nuit des aventuriers

roman

PLON
www.plon.fr

92, avenue de France
75013 Paris
Tél. : 01 44 16 09 00
Fax : 01 44 16 09 01
www.plon.fr
www.lisez.com

Mise en pages : Facompo
Dépôt légal : août 2021
ISBN : 978-2-259-30638-6

Pour Isaure, la Viking

Jouer sa peau...

« Il y a des types qui sont clandestins, comme ça, et puis, un beau jour, ils deviennent ministres. »

Alain Resnais et Jorge Semprún,
La guerre est finie, 1966

C'est étrange, au boudoir, ces hommes en noir. Graves. Fermés. Détonnant parmi le mobilier précieux, tendu de satin parme brodé d'argent. C'est cela, parfaitement incongrus.

Ils esquissent des gestes, s'interrogent du regard... De toute évidence, ils attendent. On inclinerait volontiers pour le rendez-vous galant. Tout y invite en ce salon retiré, ouvrant sur les jardins immenses du palais présidentiel, tout, absolument tout. Et pas seulement les angelots dodus – des amours *– qui prennent la pose aux trumeaux des boiseries ! Mais également, là, dans la pénombre, les deux colombes s'abreuvant à une coupe, qui procurent son motif à la mosaïque fine d'un dessus de guéridon. Ou encore, en face, la pendule non moins explicite qui trône sur la tablette de la cheminée : son cadran figure la roue d'un char attelé à un chien et, pour mener cet équipage, un* *amour, la bouille résolue, parachève l'allégorie un rien godiche de la Fidélité. Le décorateur de ce cabinet des soupirs a poussé loin le raffinement, jugeant ici les rehauts d'argent moins claironnants que les dorures. Partout le métal gris a pris la place de l'or, aux montants des fauteuils ainsi qu'aux moulures des lambris. Les flambeaux sont en argent, comme la pendule qu'ils encadrent au-dessus de la cheminée. Les branches du lustre le sont également, si bien que leur dessin s'éclipse sous le reflet des pampilles de cristal. Mais à la longue, dans la nuit de décembre, cette douceur presque languide pourrait bien refroidir les ardeurs. On voudrait une bonbonnière ; c'est une veillée funèbre. Les habits noirs, les garnitures parme, tout cela sous le terne éclat d'un métal froid, à quoi d'autre voudriez-vous que l'on songe ? Du reste, nul ici n'a l'intention de badiner.*

Qui trouve-t-on dans ce boudoir ? Le président flanqué de son homme lige, son âme damnée, à vrai dire, et puis le chef de cabinet de la présidence, un général-ministre, le préfet de police, un député, ce dernier irradiant un je-ne-sais-quoi de désinvolture aristocratique... Les y a précédés un officier subalterne, un proche du président, son « conseiller en recrutement », en quelque sorte, mais celui-ci a filé comme une ombre avant même que ne débute l'ultime conciliabule : on l'a assigné aux remises, où il doit tenir prêt à partir tout véhicule nécessaire aux prochains déplacements de son maître, le char du triomphe ou les fourgons de l'exil...

Pas une femme, dans ce portrait de groupe en clair-obscur. C'est dommage. C'est encore plus injuste. Deux louves au moins mériteraient d'y figurer, de richissimes effrontées, fines, ambitieuses, manipulatrices, dont les squales en eau trouble, c'était à parier, ne veulent retenir que la prodigieuse beauté. Deux étrangères, de surcroît, goûtant sans excès les mœurs politiques du pays dont elles entendent bouleverser l'histoire. Chacune en son hôtel, elles attendent la manne du coup qui se joue.

Comme tous les lundis, il y a eu une réception au palais. C'est pourquoi ces messieurs sont emplastronnés et revêtus de noir. Les convives, nombreux, n'avaient pas encore tous pris congé quand un à un les protagonistes de l'affaire se sont éclipsés, le président le premier, à qui le chef de cabinet, un homme âgé déjà, a aussitôt emboîté le pas. Nulle hâte, aucun embarras sur les traits de leurs visages. Le premier, paupières mi-closes, affectait cette résignation coutumière que les imbéciles assimilent plaisamment à de l'apathie, voire à de l'hébétude, et qui n'est que la torpeur feinte des grands carnassiers ; le second trottinait le cœur léger et, quoique indéfectiblement lié à son maître, se serait senti presque étranger à ce qui se tramait. Tous deux n'ont échangé d'impressions qu'une fois parvenus au boudoir.

— Savez-vous que l'on parle beaucoup d'un coup d'État dans les salons ?

— N'est-ce pas fâcheux ?

— Mais ce n'est pas du nôtre ! a aussitôt rectifié le président, fort soucieux de son effet. C'est du coup d'État que l'Assemblée nationale veut faire contre moi !

Et là, là seulement, le chef de cabinet s'est fendu d'un rire étouffé, tout à fait distingué.

L'arrivée du général-ministre et du préfet de police a promptement refermé cette parenthèse folâtre. Ceux-là ont pris soin de quitter les salons par le vestibule d'honneur, parmi les invités sur le départ réclamant leur voiture. On n'aura rien remarqué. Et il leur aura suffi de se réintroduire dans le palais par une porte dérobée ouverte sur les jardins.

Sur leurs talons : le député – à moins qu'il ne les ait précédés de peu. Lui n'a pas eu de ces ruses à déployer : il rentre tout juste de l'Opéra. Il en ricane encore. Depuis sa loge, il a respectueusement salué deux ou trois généraux qui, demain, déjeuneront sous les écrous. La ville n'attend que cela, assure-t-il tourné vers l'âtre, jugeant l'auditoire dans le terne reflet de la glace de cheminée. Au montant des chenets, en argent forcément, des amours particulièrement charnus ont beau souffler sur les braises, ce feu-là ne chauffe guère, et l'homme est frileux. Il balaye le miroir du regard, en profite pour relever le quart de dix heures à la pendule – encore un demi-tour de cadran, tout juste, et il sera ministre de l'Intérieur. Il poursuit :

— Mme L. m'a pris à partie [il s'essaye au timbre de la précieuse] : « Vous qui siégez à la Chambre, vous savez sans doute qu'on s'attend là-bas à un grand coup de balai. De quel côté vous trouverez-vous ? » Ah, quelle oie blanche !

— Eh bien ? s'impatientent les autres.

— Que voulez-vous qu'on réponde à cela ? Que si coup de balai il y a, on se trouvera du côté du manche !

Il s'est retourné au terme de sa tirade, affichant sous la moustache un large sourire pincé. Non qu'il soit un fat, mais ses dents gâtées l'ont très tôt incité à ne sourire que lèvres closes. Oui, ce sourire si souvent mal interprété, c'est la gêne plus que la satisfaction de lui-même qui le lui dessine. Et si, là, dans le clair-obscur caravagesque, il cabotine bien un peu, c'est qu'il s'en fait un devoir de tous les instants, en parfait homme du monde.

Le président, lui, n'a guère réagi aux facéties de ce comédien qui lui ressemble comme un frère, c'en est frappant. Songeur, ou irrité, qui sait ? il rajuste dans la pénombre quelques fleurs d'hiver en bouquetière. Nul ne s'en étonne, on le sait sentimental. Ou, plutôt, on craint qu'il le soit. En souvenir de temps plus heureux, de son enfance peut-être, le président a repris cette ancienne habitude ici de fleurir les consoles jardinières de cyclamens de Naples, parfaitement assortis aux nuances parme des tapisseries. Le parme sur l'argent, c'est plutôt chic, juge-t-il, mais un peu mièvre – se souvient-il qu'avant son cinquième anniversaire ces tapisseries éclataient d'un rouge cerise ? Terriblement féminin, ce parme, de cela il est certain. Et chaque fois qu'il en arrive à cette conclusion, l'eau lui vient aux crocs. Il songe alors à sa maîtresse ou à l'une de ses nombreuses supplétives, ne sachant encore laquelle il appellera à ses côtés, une fois le Conseil dispersé.

Mais le général-ministre parle. Il a relu ses proclamations à l'armée ; maintenant, il égrène le dispositif militaire aux abords du palais et aux principaux points névralgiques de la ville. Il porte beau et paraît certain du succès de l'entreprise, ce qui n'était pas acquis quelques semaines seulement auparavant. À l'énumération de ces phalanges en ordre serré, l'homme lige juge utile de rappeler les intentions du président : « Rien d'autre qu'une opération de police un peu rude ! »

— Oh ! Pour mes collègues à l'Assemblée, j'en réponds. Quant aux rouges… soupire le futur ministre de l'Intérieur.

— Évitons les effusions de sang, insiste le président.

— Laissez vos adversaires se dévoiler. Qu'ils sortent de leurs clubs ! qu'ils se massent ! Alors seulement nous aviserons.

— Je me permets de préciser que le général commandant la place ne pense pas autrement que monsieur le président, intervient le préfet de police.

Et ne voulant laisser filer la chance de s'exprimer enfin, il expose à son tour les dispositions qu'il a prises : les commissariats sur le pied de guerre, les informateurs dans les quartiers populaires… Puis il pointe nommément les élus de tout bord, qu'il faudra particulièrement surveiller ou préventivement arrêter. Il jette toute son âme dans ce récapitulatif. Plus tard, certains parmi les conjurés mêmes de cette interminable nuit blâmeront un préfet fébrile, incapable de maîtriser ses émotions. Ce ne sera que pour justifier après coup les inéluctables débordements de l'affaire. Le président l'apprécie, cependant, son préfet de police tout juste tiré de la manche. C'est lui-même qui l'a dégoté, au cours d'une tournée au fin fond du pays. Il lui trouve du chien. Surtout, il constate chaque jour davantage son absolu dévouement. La jeune recrue en concurrencerait presque l'homme lige, qui sur ce terrain-là a donné tous les gages possibles, et depuis bien longtemps. Et puis, pour l'heure, le président préfère s'entendre décortiquer un dispositif de police plutôt qu'un ordre de bataille.

C'est qu'il se sent sûr de son droit, le président. Porté au plus haut sommet de l'État par le suffrage universel, il entend simplement que nul n'écorne sa légitimité. Des difficultés que lui font d'hypothétiques contre-pouvoirs dans l'exercice de son autorité il a su tirer le meilleur parti médiatique et, se convainc-t-il, accroître ainsi sa popularité. Et notamment auprès de ceux qui travaillent dur, de leurs bras, et sans grand profit. Le peuple, en somme.

Le peuple, la belle affaire ! Les élus de la République le piétinent. Ils n'entendent rien à ses aspirations, restent sourds à ses appels à l'aide. Alors il s'émeut, le peuple, il déferle dans la rue, se masse aux carrefours. Il bloque des quartiers entiers… Et c'est à l'armée elle-même que, de plus en plus souvent, on a recours pour réprimer ses émois. Accaparée par des arguties institutionnelles et les indices boursiers, une élite haut perchée, véritablement hors-sol, paralyse le pays. Toute réforme y devient impossible. Avérée, cette impossibilité réveille la terreur du coup de force. La ville s'y prête à merveille. Sale, déréglée, dense, oui, incroyablement dense, elle semble une poudrière au seuil d'une fonderie. La flambée insurrectionnelle lui tient lieu de juge de paix. Elle attire le monde entier, c'est un fait, mais elle peine à s'adapter aux exigences de la modernité. On n'y a rien entrepris de salutaire depuis cent cinquante ans. Sa cathédrale elle-même menace de s'effondrer. Les dépositaires de la puissance publique n'osent plus pénétrer dans les ghettos de la misère, les laissant végéter selon leurs propres règles, littéralement en dehors *de la République. Cette ville étouffe. Elle se meurt. L'épidémie y fait des ravages. Le président garde clair comme un cliché de la veille le souvenir des hôpitaux surchargés, des brancardiers masqués qui enlèvent par milliers les victimes au pied des immeubles. Et celui tout aussi vif des rues désertes, sinon au-devant des pharmacies où gonflent des files compactes et murmurantes, si propices à l'expansion du mal. Celui-ci met à nu les inégalités ; il les creuse. Cette logique accable le président, qui enchaîne le dénuement à la mortalité, l'indigence à la criminalité et, pour finir, l'entassement à l'insurrection. Il lui faudra curer ce bourbier sans attendre. Le désole plus encore la défiance abjecte que le mal installe alors dans les manifestations sociales les plus anodines : le fils n'embrasse plus la mère, l'apprenti ne boit plus à la fiasque du maître… Le joli cœur ne prend plus par la taille sa cavalière. On ne danse plus. On ne partage plus guère. Chacun se terre.*

À cela s'ajoute un isolement diplomatique pesant, comme si le pays ne comptait plus sur la scène internationale. Le président est joueur, certes, mais il ne lui fait aucun doute que, parvenu à un tel stade de putréfaction, le fruit doit choir sans rebond, ni produire d'autre bruit que celui d'un avachissement mat. Alors, oui, il suffira à l'armée de paraître pour que l'ordre se maintienne, à cette condition que, dans l'ombre, la police accomplisse son devoir. Et sur ce dernier point, le préfet donne des assurances fort crédibles.

Énigmatique comme jamais, le président se tient à la fenêtre, le regard perdu au loin. Les feuilles mortes n'ont pas été ratissées. Elles forment maintenant sur les pelouses, il le voit bien malgré les ténèbres, des nappes de bouillie organique. Est-ce digne d'une demeure de chef d'État ? Il se détourne et revient aux cyclamens en jardinière. Ce parme, tout de même ! Ah ce parme ! Que de féminité ! L'eau devrait lui remonter aux crocs. Eh bien non. Il se trouverait même la bouche un peu sèche, là. L'effet d'une anxiété nouvelle, sans doute. Il n'en montre rien, mais celle-ci le tenaille bien des tempes à l'échine. Les communications sont la cause du tracas. La présidence s'est dotée d'un réseau ultrasophistiqué, au prix d'installations exorbitantes – mais qu'est-ce que le poids de l'or mis en balance avec un tel bond technologique ? Seulement voilà ! Depuis samedi, le système accumule les pannes. L'innovation ne fonctionne qu'aux mains d'opérateurs spécialisés, quasi maniaques, et, naturellement, nul au palais n'y entend rien. Si bien que la présidence se trouve isolée des ministères sensibles et de la préfecture de police. Et cette dernière, de ses commissariats. Il a donc fallu multiplier les émissaires, et avec eux les risques d'éventer l'affaire. Cela aussi a coûté cher. Pour tenir les troisièmes couteaux au secret, on le sait, il n'existe qu'un moyen : arroser. Et c'est l'un d'entre eux qu'attendent les hommes en noir, dans la pénombre mauve du boudoir.

Le voilà qui toque, justement.

Un officier paraît, dont la tenue de campagne tranche avec la sobre élégance des conjurés. Pas vraiment un cadet, de toute évidence. Et puis, une physionomie ordinaire. Des pas comptés, un empressement chuchotant, tout en lui dénote la valetaille en instance de promotion – il a scrupuleusement adopté le bouc et les moustaches présidentiels. Et, justement, le président l'observe comme un enfant examinerait un jouet. L'aide de camp idéal, présage-t-il. De l'ample dossier ouvert sur le bureau il tire une liasse et la lui confie. L'officier ressort, après une inclinaison et deux pas en arrière. Pas vraiment un profil de vainqueur, le factotum. De cela les autres se font la remarque. Comment ne pas ? Ils se sentent des impudences d'hommes neufs.

Jeunes, ils le sont tous, si l'on excepte le chef de cabinet. Le président, tout comme son homme lige, n'a que quarante-trois ans, son futur ministre de l'Intérieur trois de moins, quant au préfet, il fêtera dans une semaine exactement son trente-troisième anniversaire. Certes, le général-ministre a passé la cinquantaine, mais sa ligne, sa belle prestance, son profil conquérant qu'électrise un éclair d'azur l'assurent de toutes les séductions. Et, séducteurs, ils le sont tous, encore, même le vieux. Il le faut pour parvenir. Il le faut d'autant plus que, pour la plupart, ceux-là ou leurs proches complices viennent de loin, de fort loin.

De l'avenir, des appâts, c'est bien, mais il leur faut encore du cran. À ce titre, le futur ministre de l'Intérieur se distingue sans conteste. De même que le président, auquel il ressemble décidément comme un frère, il sait dissimuler. Il n'en reste pas moins clairvoyant et d'un réalisme intraitable.

— Il est entendu, messieurs, que nous jouons notre peau.

— La mienne est si ridée que ce ne sera une perte pour personne, minaude le chef de cabinet.

Pousser le va-tout sur la feutrine verte ne les émeut pas plus que cela. Dès demain, un chroniqueur des plus avisés va s'empresser de noter dans son journal : « Rien n'a été prévu en cas d'insuccès : ni argent, ni passeport, ni même position de repli. Les joueurs jettent tout sur la table, d'un coup. Si l'on échoue, il n'y a que le poteau d'exécution. »

Le président balaye l'assistance d'un regard insondable. Voilà tout son parti : un quintet de parieurs, auquel on adjoindra autant de comparses disséminés en ville, à leur poste déjà. C'est à la tête d'un groupuscule à décompter des deux mains, tout juste, qu'il s'apprête à s'inféoder tous les pouvoirs : celui des législateurs – qui le contrecarrent ; celui des juges – qui l'ont jadis jeté en prison ;

celui de la presse – qui l'a trop longtemps moqué… Bah ! il n'avait guère plus de partisans sûrs lorsqu'il a été élu à l'écrasante majorité des suffrages. Lasse et déçue, la nation se cherchait alors et se cherche encore l'homme providentiel. Or lui, croyant en son étoile, s'en est toujours remis à la Providence.

Alors, franchement, qu'en ont-ils à faire, les hommes en noir, d'hypothétiques prises d'assurances ou de solutions de repli ? C'est en vain qu'à leur attention on invoquerait la prévoyance. Plus tard, des émotifs relatant l'épisode avanceront que le futur ministre de l'Intérieur se baladait ce soir-là une capsule d'acide prussique dissimulée dans la manchette. Allons, soyons sérieux ! Ces intrigants n'envisagent tout simplement pas l'échec ; ils spéculeraient encore sous la salve du peloton. Cahotant jusque-là d'aubaine en coup du sort, les plus neufs d'entre eux expérimentent enfin la nécessité d'agir ; les mieux rodés s'en remettent à la nécessité d'une action, d'où qu'elle vienne.

Le président et son homme lige connaissent cette pulsion souveraine, bien que leurs motivations divergent. Le premier s'est imprégné de la grandeur du pays ; le second de celle de son maître. Mais parce qu'ils récusent tous deux les préjugés d'une vie qui ne serait ni vaste ni fiévreuse, parce que des fantômes de gloire se bousculent au revers de leur front, ce sont des aventuriers. Les autres jouent – et jouent gros – parce que, dans toutes ses fibres, leur organisme, leur complexion ne prétend qu'à une fonction : gagner ; gagner du galon ou rafler la mise, c'est égal. En cela aussi, ce sont des aventuriers. Aucun d'eux ne le démentirait, à l'exception peut-être du préfet. De leur condition, ils assument pleinement et la noblesse et les relents de crapulerie.

Il n'est pas vingt-trois heures. Le temps est venu pour chacun de gagner son poste. Le président retient son monde, néanmoins : il tire de l'ample dossier ouvert sous ses yeux un décret de nomination, qu'il n'omet pas de signer, et le soumet au futur ministre de l'Intérieur. Celui-ci y jette un œil furtif, puis remercie de son large sourire pincé. Ah ! Une dernière chose : le président extrait d'un tiroir du bureau quelques rouleaux de pièces d'or ainsi que des liasses de billets, et tend ce dernier trésor au général-ministre, de quoi récompenser les braves, s'il s'en montre. L'autre, d'habitude moins bégueule quand il s'agit d'espèces, fait mine de n'accepter que le quart de la somme. Et ne remercie pas. Cette fois, la meute des aventuriers prend congé.

— Quoi qu'il arrive, nous aurons tous demain une sentinelle à notre porte, persifle à mi-voix le nouveau ministre de l'Intérieur.

Le président consent un sourire. Toujours à son bureau, il saisit négligemment le dossier qui s'y déploie, et le referme ; sur le plat de percaline, une étiquette étale en bleu la calligraphie grossière de cette seule mention : « Rubicon ».

... avant le point du jour

> « Le plus heureux est toujours celui qui sait le mieux se couvrir de la peau du renard. Le point est de bien jouer son rôle, et de savoir à propos feindre et dissimuler. Et les hommes sont si simples et si faibles que celui qui veut tromper trouve aisément des dupes. »
>
> Machiavel, *Le Prince*

Avant même que la ville s'éveille tout était joué. Ç'aurait pu être n'importe où. C'était à Paris. Ce pourrait être aujourd'hui. C'était il y a cent soixante-dix ans, exactement.

Ce 2 décembre 1851, avant le point du jour, dans le plus grand silence, la IIe République avait été remisée au rayon des bizarreries expérimentales. Pas plus de cinq ou six aventuriers en furent les déménageurs, secondés par des ombres dispensées de conscience par la toute-puissance de la consigne.

Parce qu'elle s'était imposée comme le cœur battant du régime, parce qu'elle en cristallisait toutes les faillites, l'Assemblée nationale législative représentait l'objectif majeur des conjurés. Il ne leur fallait pas seulement la dissoudre, il leur fallait encore la vider de toute substance. La curer, oui.

Ce fut à *l'homme lige*, à l'âme damnée du président qu'il revint de superviser l'opération : Victor Fialin, « vicomte » de Persigny. Persigny ! un aventurier, un vrai, comme seul un siècle ouvert et convulsif peut en produire. Fils de rien ou presque, soldat dévoyé, journaliste sans conviction, il s'était subitement pris de passion pour la cause bonapartiste et avait tôt lié son destin à la fortune alors incertaine du prince Louis Napoléon Bonaparte. Il avait été l'artisan des coups de force manqués, les soulèvements de Strasbourg, en 1836, et de Boulogne, en 1840, toutes affaires minables, ou romantiques, ce qui, en matière de conquête du pouvoir, revient à peu près au même. Le second échec l'avait expédié derrière les murs de la citadelle de Doullens ; il n'avait reparu sous le ciel qu'en 1848, à la faveur d'une amnistie décrétée par… la République tout juste proclamée. Jamais cet abonné aux fausses identités et aux nuits sans bagages n'avait séjourné si longtemps à la même adresse ! L'année même de son élargissement, inébranlable, il avait orchestré l'élection de Louis Napoléon Bonaparte à la magistrature suprême. Cet incontestable succès devait beaucoup à ses menées occultes. Le prince-président n'en avait pas fait pour autant un ministre, l'ayant cantonné aux fonctions d'une espèce d'officier de liaison entre l'Assemblée et la présidence, et de messager spécial auprès des plus hautes personnalités politiques. Son militantisme furieux et ses débordements de langage occultèrent trop souvent les fruits innombrables de son inlassable activité. La postérité reste ingrate à l'égard d'un partisan si résolu, si fidèle et, finalement, plutôt visionnaire, car, il lui en avait fallu, de la prescience, pour écrire à un ami, en 1837, peu après la tragi-comédie de Strasbourg, c'est-à-dire au plus creux de la vague : « Tôt ou tard, nous mettrons le pied dans la trace du Géant » (entendez : « de Napoléon Ier »). Ses débuts besogneux l'abonnèrent au mépris de ses contemporains, qui le jugèrent sans lustre, sans « états de service », quand bien même ce seraient ceux d'un chacal – c'est bien simple, Victor Hugo le passe sous silence dans ses réquisitoires du règne, ne lui daignant ni portrait-charge, ni haine homérique… Il fut pourtant de la trempe d'un Morny, fors la naissance. Et, tout comme lui, finirait duc postiche.

Louis Napoléon ne montra pas plus de gratitude au creux de la nuit fatidique, lui préférant cette fois Morny comme ministre de l'Intérieur, jugeant ce dernier moins fiévreux dans l'action et intraitable dans le choix des proscrits. Pour seule consolation, il consentirait à son séide un amical billet que concluaient ces mots : « Empêcher toute réunion des représentants [du peuple] est essentiel. »

Si Persigny supervisa de près la prise du Palais-Bourbon, il n'en fut pas l'auteur à proprement parler. Le bras armé en fut le colonel Espinasse, commandant le 42e régiment d'infanterie de ligne, un bonapartiste exalté, promis aux lauriers de général et à une mort au front des troupes. Ce bélier idéal n'en conservait pas moins de discernement. Approché à la fin novembre par le *général-ministre* de la Guerre, il s'était déclaré tout disposé à risquer sa tête, à condition qu'elle lui servît un tant soit peu. Il avait demandé un bref délai et résolu de reconnaître les lieux.

Comme tous les officiers supérieurs soigneusement rameutés à Paris ces dernières semaines, Espinasse avait ferraillé en Algérie. Et, depuis 1830, s'était forgée entre « Africains » une solide fraternité d'armes. Or il se trouvait que l'un des trois questeurs de l'Assemblée, particulièrement soucieux de la sécurité du Palais-Bourbon, n'était autre qu'un Africain, Le Flô, un général tanné sous le soleil de Constantine. Espinasse avait sollicité un entretien, sous un prétexte futile. Les deux compagnons de razzias s'étaient naturellement retrouvés dans les effusions. Ils avaient longuement devisé ; ils avaient arpenté le palais, *tout* le palais, le général-questeur n'épargnant au colonel aucun détail de la topographie. Badinant sur les rumeurs lancinantes de coup d'État, Le Flô avait poussé la complaisance jusqu'à révéler à son hôte l'existence d'une petite porte, la « porte noire », ouverte sur l'ancienne rue de Bourgogne*, pratiquement au débouché de la rue de Lille, échappatoire idéale aux députés, si d'aventure l'hémicycle était investi par des conjurés.

Dans la journée du 1er décembre, grâce aux interventions sinueuses du ministère de la Guerre, ce fut un bataillon du régiment d'Espinasse, le 42e de ligne, qui, comme d'autres unités chaque jour de l'année, prit ses quartiers au Palais-Bourbon, afin d'assurer sa protection. Le chef de ce bataillon ignorait tout de ce qui se manigançait et s'en remettait aux instructions

* Actuelle rue Aristide-Briand.

du commandant permanent de la place, lui-même laissé dans la plus totale ignorance.

Au plus noir de la nuit qui suivit, l'officier de quart percevrait bien la rumeur de mouvements inhabituels… Ses alarmes cependant resteraient lettre morte, contrariées par le sommeil profond de son supérieur hiérarchique.

Le coup de main se joua là comme sur du satin.

Peu après cinq heures quarante-cinq, une petite pluie grasse poissant les pavés, les deux autres bataillons du régiment d'Espinasse firent halte à proximité du palais, après une marche silencieuse, sans barda ni mise au pas. Espinasse toqua à la « porte noire ». Un officier du 1er bataillon lui ouvrit – pourquoi se serait-il méfié de son colonel ? Quelques sapeurs seulement firent aussitôt irruption dans le palais. Deux compagnies les y suivirent bientôt au pas de charge. L'une investit la cour d'honneur et cerna l'hémicycle. L'autre verrouilla les communications avec l'hôtel de Lassay voisin, résidence du président de l'Assemblée. De petits détachements prêtèrent main-forte aux commissaires chargés de l'arrestation des questeurs. Prenant la tête de l'un d'eux, Espinasse se chargea tout d'abord du commandant de la place. Il força sa porte et, tout de suite, s'empara de son épée. Encore en chemise, le bonhomme toisa l'intrus et hasarda cet aveu d'impuissance : « Vous faites bien de la prendre, sinon je vous l'aurais passée à travers le corps ! » Voilà pour l'un des derniers galonnés loyaux au régime.

Vint le tour des questeurs, au premier rang desquels le trop complaisant Le Flô, bien évidemment. Un commissaire et des soldats s'introduisirent dans son appartement et, traversant une première pièce, tombèrent sur un gamin de huit ans ; le pauvre enfant les conduisit lui-même à la chambre de son père. Celui-ci n'avait pas fini d'enfiler son pantalon quand on le cerna. Il n'en demeurait pas moins général. Il fit des mots donc, au-dessus des lamentations de sa famille :

— Napoléon veut faire son coup d'État ? Eh bien, nous le fusillerons à Vincennes ! Et vous, nous vous fusillerons en même temps que lui !

On l'emmena. Dans la cour, Espinasse vint à lui ; il eût bien trouvé quelques paroles d'apaisement, mais le captif n'entendait qu'une chose : administrer une bonne trempe à l'Africain qui l'avait roulé dans la farine. Les baïonnettes qu'on croisa sous son nez l'en empêchèrent. Ce fut sa dernière bravade. Bientôt exilé à Jersey, Le Flô s'y lierait d'amitié avec Victor Hugo ; pas moins orléaniste pour autant, il ne reprendrait du service qu'à l'hiver 1871 en qualité de ministre de la République, et c'est à ce titre qu'il prendrait sa part à l'écrasement de la Commune de Paris au printemps suivant.

L'arrestation des deux autres questeurs se fit dans un souffle, si court et si faible, ce souffle, que l'identité des malheureux s'en trouve gommée des mémoires. L'épouse de l'un d'eux, à demi nue, dépoitraillée à son balcon, tenta bien quelque imprécation, ne serait-ce que pour l'histoire, mais, pour toute réponse à ses appels à l'aide, elle ne reçut que les ricanements égrillards de la troupe massée dans la cour.

On expédia à la prison de Mazas les gros poissons pris dans la nasse.

Jugeant sa mission accomplie, Persigny, claquant du fouet dans la nuit noire, fila à l'Élysée porter la nouvelle à son prince. Il était six heures et demie. Il n'avait pas fallu trois quarts d'heure pour neutraliser le premier temple de la République.

Seulement voilà ! Alertés par l'immanquable râle de ferraille que produit la troupe en mouvement, ou tout bonnement tirés du lit par quelque témoin de ces manœuvres, certains députés résolurent de gagner l'Assemblée. Combien étaient-ils ? Il semble que, dans le jour naissant, il ne s'en trouvât pas plus d'une quarantaine à s'infiltrer un à un ou en petites grappes par la fameuse « porte noire », malencontreusement laissée ouverte par les soldats d'Espinasse.

Les voilà bientôt dans l'hémicycle, qui s'égosillent et qui tempêtent, qui en appellent au loyalisme des troupes et réclament des têtes... Deux d'entre eux parviennent dans l'appartement du président de l'Assemblée que le coup de main a benoîtement laissé dans ses meubles. Il est vrai que ce président-là ne présente guère de danger. Rien ne palpite plus en lui de l'avocat qui jadis avait défendu crânement la cause des maréchaux de l'Empire au front d'une cour de justice infestée de « blancs ». C'est bien simple, on le traîne dans l'hémicycle. Il proteste : « Messieurs, vous vous plaigniez que l'on ne respecte pas la Constitution et vous ne respectez pas une consigne ! » Un député le ceint de l'écharpe ; un autre le presse d'improviser un discours à l'intention des gendarmes qui se déploient dans les gradins. Il bredouille un ou deux avertissements au parfum constitutionnel, qu'un gendarme hilare qualifie de « farce ». Las de tant de pression, il se tourne vers ses pairs et lâche (c'est bien le mot) : « Il est évident que le droit est pour nous ; mais ces messieurs ont la force. Nous n'avons qu'à nous en aller. » Et il ajoute : « J'ai bien l'honneur de vous saluer. » Sa pusillanimité lui conservera sous l'empire restauré son poste de procureur général près la Cour de cassation.

Quant aux députés, ils furent pour la plupart expulsés du bout des baïonnettes. La bousculade et l'esclandre n'ayant produit d'écho, on ne les incarcéra pas. C'était mal payer leur courage, s'indignèrent-ils. Seuls les plus coriaces furent dirigés vers le ministère des Affaires étrangères où cantonnait la troupe. Mais la geôle qu'on leur choisit en ce palais alors inachevé n'avait pas reçu ses huis : on les relâcha dans la matinée. Parmi ces chanceux, ces honorés, se trouvait Eugène Sue, l'auteur des *Mystères de Paris*.

Ce fut par cette pantalonnade que prit fin la courte agonie de l'Assemblée nationale législative de la IIe République.

L'Assemblée investie, il fallait encore s'assurer du silence des grands protestataires. L'interpellation en ville de ces potentiels agitateurs, élus ou non, relevait des attributions du *préfet de police*, Charlemagne de Maupas.

Comme ceux de Morny, de Persigny, son nom est une fausse barbe : la particule n'en sera régulièrement enregistrée qu'en mars 1863. M. Maupas, donc. Sa prestance avantageuse et ses mèches crantées de jeune lion lui avaient ouvert bien des portes. Sous-préfet à vingt-six ans, révoqué par la République, tout de même préfet à trente ans, il avait fait merveille en Haute-Garonne en militant pour la prorogation du mandat du prince-président, ce que précisément la Constitution de la République proscrivait avec force.

Celui-là n'est pas à proprement parler un aventurier. Un joueur, plutôt, mais alors du genre méthodique, ce qui n'en fait pas un bonapartiste moins intrépide pour autant.

Il n'y avait pas cinq semaines qu'il avait pris possession de la préfecture de police et il avait déjà épuré la meute noire des indics et muté les commissaires suspectés de tiédeur. Il avait surtout épluché les fiches que son prédécesseur, Pierre Carlier, avait fait établir avec une précision glaçante sur chacune des personnalités directement visées par le coup de filet du 2 décembre.

De quels moyens disposait-il au cœur de la nuit fatale ? De quarante commissaires, de huit cents agents, tous parfaitement ignorants de la combinaison à laquelle on les associait, ainsi que d'une cagnotte de neuf mille francs en numéraire, principalement destinée aux indics qui, pour leur part, se fichaient pas mal de l'usage qu'on ferait de leurs tuyaux.

Au plus noir de la nuit, Maupas reçut personnellement ses quarante commissaires à l'hôtel de la préfecture, rue de Jérusalem*. Munis de leur écharpe, ils pénétraient un à un chez le préfet par une porte et ressortaient par une autre, sans plus de contact avec les collègues qui attendaient leur tour, de sorte que chacun ignorait tout de la mission dont l'autre venait d'être investi. Nul ne pouvait concevoir l'ampleur de la rafle. La serviette qu'ils serraient nerveusement contre leur sein contenait deux mandats d'arrêt à l'encontre de suspects soigneusement

* Rue du quartier de la Cité, absorbée en 1883 par l'extension du palais de justice. La préfecture y occupait l'ancien hôtel du premier président du parlement de Paris, à l'angle que la rue formait avec le quai des Orfèvres, approximativement à la hauteur de l'actuel n° 38.

désignés, sur proposition de Morny, pour l'essentiel. L'affaire de soixante-dix-huit noms, pas un de plus.

En tête de cette liste noire, les généraux de la République, ou, plus exactement, les « généraux de l'Assemblée », ainsi catalogués non seulement parce qu'ils y siégeaient mais aussi parce que, à de rares exceptions près, ils abhorraient la République, tout légitimistes ou orléanistes qu'ils étaient. Ceux-là voisinaient au fond des serviettes préfectorales avec des élus parfois conservateurs mais notoirement hostiles au prince-président. Parmi eux, Adolphe Thiers, ancien président du Conseil de Louis-Philippe, que la rumeur suspectait à tort de fomenter le retour des fils d'Orléans, le prince de Joinville ou le duc d'Aumale, voire les deux à la fois… Aux basques de cette prestigieuse avant-garde se pressait un fort parti de démocrates socialistes, les « démoc-socs », des rouges, en somme, des « partageux ».

À ce Bottin de la proscription ne figurait pas Victor Hugo. Il est vrai que le poète avait tout d'abord soutenu la candidature de Louis Napoléon Bonaparte à la présidence, mais trois années avaient passé, et il s'était peu à peu détaché de ce prince qu'il jugeait fumeux, sinon fourbe. La brouille prenait maintenant une tournure franchement homérique. Lors d'un des derniers débats avant l'orage, Hugo avait prononcé un discours qui écornerait à jamais la postérité du règne sur le point de s'ouvrir. Invoquant la mémoire du Premier Empire, il avait fouetté jusqu'au sang le parjure qui entendait le ressusciter : « Quoi ! parce que, après dix ans d'une gloire immense, d'une gloire presque fabuleuse à force de grandeur, il a, à son tour, laissé tomber ce sceptre et ce glaive qui avaient accompli tant de choses colossales, vous venez, vous, vous voulez, vous, les ramasser après lui, comme il les a ramassés, lui, Napoléon, après Charlemagne, et prendre dans vos petites mains ce sceptre des titans, cette épée des géants ! Pour quoi faire ? Quoi ! après Auguste, Augustule ! Quoi, parce que nous avons eu Napoléon le Grand, il faut que nous ayons Napoléon le Petit ! » Et de conclure dans le tumulte : « Trêve aux parodies ! Pour qu'on puisse mettre un aigle sur les drapeaux, il faut d'abord avoir un aigle aux Tuileries ! Où est l'aigle ? » Rien que pour cela, Morny l'aurait bien fait coffrer. Mais, pour l'heure en son palais de l'Élysée, l'aigle de remonte en pinçait pour l'éloquence de l'écrivain national. Il avait prôné la clémence : « Enfin, c'est un homme seul, il ne nous fera pas de mal. » L'erreur d'appréciation agacerait passablement le père des *Misérables*, fort marri de n'être pas d'emblée au nombre des irréductibles.

À six heures précises, les commissaires mirent à exécution la consigne. Au seuil de l'hiver, on dort encore, à cette heure-là. Les escouades se répandirent au cœur de la ville dans le plus absolu silence et cueillirent leurs proies au saut du lit. Des rapports officiels détailleraient chaque arrestation. On les qualifierait de spécieux, dressés à seule fin de flétrir les victimes. Ils ne visaient qu'à rendre compte de la résistance plus ou moins vigoureuse des prévenus, et lorsqu'ils se risquaient à l'anecdote, ce n'était que pour signaler la fermeté, mais aussi la mesure, déployée dans l'action par les commissaires…

Cueillis les cils poissés de sommeil, encore coiffés de leur bonnet de nuit, la plupart des proscrits n'opposèrent qu'une résistance de pure forme. Des mots encore, et rarement spirituels. Des généraux épinglés, aucun ne fit usage de ses armes. Un seul fit mine de se cabrer, s'habillant sans hâte tout d'abord, traînant pour un rien, raisonnant les cerbères d'une voix égale, pour soudain se rengorger et vociférer : « Je ne sortirai que si vous m'emmenez comme un malfaiteur, que si vous m'arrachez de chez moi, que vous osez me saisir au collet, moi, le vice-président de l'Assemblée nationale. » Deux malabars le soulevèrent de terre ; on l'embarqua comme roulé dans un tapis.

Ce fut encore l'arrestation de Thiers qui donna lieu aux rapports les plus croustillants. Le petit diable bouffi d'orgueil crut tout d'abord qu'on venait l'assassiner. Sa dignité fléchit, mais, comprenant qu'on n'en voulait pas à sa vie, il se ressaisit et argumenta. Le chef de l'opposition conservatrice serait volontiers monté à la tribune, il s'enivrait si vite de son propre babil. Mais, faute de perchoir, il tomba la chemise, offert soudain nu comme un ver au regard écarquillé des dogues venus l'arrêter. Survint sa jeune épouse, puis Mme Dosne, sa belle-mère, guère plus affectée que sa fille de trouver son gendre dans le plus simple appareil. C'est que, dans le bel hôtel de la place Saint-Georges, on expérimentait le ménage à trois comme on accouple les salamandres en vivarium. Les deux femmes également empressées emmaillotèrent leur grand nabot dans une large ceinture de flanelle – pensez, une nuit de décembre ! Remarquant l'ébahissement du commissaire, Mme Dosne s'interrompit et lui proposa incontinent un blanc de volaille et un verre de vin de Constance, un nectar moelleux et ambré que l'on faisait venir à prix d'or du fin fond de l'Afrique australe. Ces dames ayant fini de jouer à la poupée, Thiers enfila sa redingote et alors seulement se rebiffa :

— Et si je vous brûlais la cervelle ? Car enfin vous connaissez la loi ? Je serais très excusable de vous traiter comme un malfaiteur…

— Je n'ai pas à vous répondre, monsieur, j'exécute les ordres du préfet de police comme j'exécutais les vôtres quand vous étiez ministre de l'Intérieur, rétorqua l'autre entre deux bouchées.

Après des adieux emphatiques, Adolphe Thiers monta sans histoires en voiture. Il plongea là dans un ostensible accablement. Son arrestation n'avait pas pris un quart d'heure.

À six heures quarante-cinq tout juste, c'est-à-dire au moment même où Persigny annonçait à Louis Napoléon l'investissement éclair de l'Assemblée, les proscrits de la première heure étaient appréhendés, des fiacres sous escorte les conduisant à la prison Mazas.

Au cours de ce premier acte, les consignes, toutes précautionneuses, avaient été respectées dans l'immense majorité des cas. Un des soixante-dix-huit proscrits, socialiste notoire, avait même réussi à s'échapper. Quelle importance ? Des mouchards ne tarderaient pas à retrouver sa trace en Belgique.

À Mazas, ces messieurs se comptaient, se soutenaient, échangeant des bribes de renseignement et de ces lénifiantes fatalités d'après-coup : « Je vous l'avais bien dit ! », « Ah si vous m'aviez écouté ! »… Mais tout cela à voix basse, par le judas des portes verrouillées, la prison modèle*, tout juste achevée l'année précédente,

* L'établissement occupait en face de la gare de Lyon le pentagone que forment aujourd'hui le boulevard Diderot (anciennement

inaugurant avec ses mille deux cents cellules individuelles les bienfaits de l'isolement carcéral. Le débarquement des captifs dans l'avant-cour avait donné lieu à quelques scènes dignes du Salon des artistes français. Adversaires acharnés la veille encore, des généraux, des députés s'étaient embrassés à grands coups de paume sur les omoplates, comme si les charrettes les attendaient aux guichets de la Conciergerie. Au greffe de la prison, un rare officier républicain joua les prolongations, refusant de décliner son identité et exigeant qu'on inscrivît simplement sur le registre d'écrou : « représentant du peuple ». Sinon, ce ne furent bientôt que murmures et repli sur soi. Car qu'avaient-ils en commun, ces Africains, ces élus, ces partageux, sinon le motif de leur présence en ces murs : « atteinte à la sûreté de l'État » ? Leurs existences reprirent fatalement leur cours solitaire, les uns demandant une chandelle, une couverture, les autres qu'on leur permît d'écrire, ou qu'on leur apportât des livres, *Les Pensées* de Pascal, voire *L'Histoire de la Révolution française*, grand œuvre parfaitement indigeste de l'insigne Thiers. Quant à celui-ci, remis de ses frayeurs mais accablé, il exigea qu'on lui servît un café au lait, comme le lui préparait chaque matin sa belle-mère. Pour tous, néanmoins, les premières heures du 2 décembre s'écouleraient dans la plus totale incertitude et l'inconfort des petits matins bousculés, sans savon à barbe ni rien de solide au fond du ventre.

Mazas), les rues de Lyon et Traversière, l'avenue Daumesnil et la rue Legraverend. Elle fut démolie en 1898, afin que son spectacle n'offusquât point les nombreux visiteurs de l'Exposition universelle de 1900, que la gare ne manquerait pas de déverser.

À la préfecture, Maupas enregistrait ces premiers succès tout en faisant le tri d'une multitude de rapports d'indics. En outre, le télégraphe électrique, qui, ces derniers jours, avait tant fait des siennes, semblait enfin fonctionner. Aussi le préfet n'avait-il qu'une hâte : en référer à son *nouveau ministre* de tutelle, son complice, Morny, censé avoir pris possession du maroquin de l'Intérieur à six heures et quart précises. Seulement, sept heures sonnaient à la pendule borne du préfet, et Morny ne se signalait toujours pas.

Maupas acquit la certitude d'un couac grâce à l'une de ces petites mômeries de l'histoire en vertu desquelles beaucoup de légèreté se lave d'un soupçon de vaudeville. Par un télégramme tout juste transcrit, le ministre sortant, ignorant tout de sa destitution, s'étonnait que des troupes aient investi la cour de *son* ministère. Maupas aurait pu en sourire, se remémorer cette bonne baderne la veille au soir, à l'Élysée, promenant sa cinquantaine débonnaire et grassouillette, ministre encore et parfait innocent, essuyant sans comprendre les bourdes de préfets à poigne tout juste mutés sans son avis en prévision du coup… Il aurait pu en rire, même, car à quoi ressemblait-il ce matin, le sortant, les mollets à l'air, pas rasé, pas coiffé, jetant par les rideaux tirés des regards inquiets sur la soldatesque qui s'ébrouait là, sans raison, sous les fenêtres du bel hôtel de Rothelin ? Mais Maupas ne sourit pas. Il s'alarma. Cartésien du genre horloger, il ne pouvait que flairer l'indice du fiasco. Il enchaîna. Le ministre en partance, tout d'abord. Le rassurer. Le fixer. On lui télégraphia que Morny lui expliquerait, qu'il serait là dans un instant, qu'il l'attende… Retrouver le retardataire, ensuite. Ou prier.

Ce ne serait pas nécessaire.

À sept heures et quart, Morny se présentait au ministère. Qu'avait-il donc fait pour prendre une heure de retard ? Rien qui ne parachevât la parfaite journée d'un dandy.

À peine avait-il salué les conjurés du Salon d'argent que, aux guides de son tilbury, il avait filé au Jockey Club ; il y avait perdu ou gagné gros au whist jusqu'à quatre heures du matin. Comme s'il sautait d'une festivité à l'autre, il était passé se changer chez lui un peu moins d'une heure plus tard. Il avait pris un bain. Il conservait pour la belle vie des appétits de fauve à demi repu. Et puis, ce bain chaud, c'était peut-être le dernier… L'imminence du coup de dés l'aurait poussé sans mal à contempler sa collection de toiles de maître, des Rembrandt, des van Dyck, un Géricault également, et des Delaroche, mais, depuis 1848, les revers de fortune l'avaient obligé à en liquider les plus beaux fleurons. Il n'empêche, il prit son temps. Son petit hôtel des Champs-Élysées jouxtait celui de sa maîtresse, et de si près que tout Paris l'appelait « la niche à Fidèle ». Il ne résista pas. Il se glissa chez la belle Fanny Le Hon, l'épouse de l'ambassadeur de Belgique. La mit-il dans la confidence ? Certainement, puisqu'il ressortit de chez elle accompagné du jeune Léopold Le Hon, dix-neuf ans tout juste, le fils que « l'ambassadrice aux cheveux d'or » avait gardé de sa liaison avec feu le duc d'Orléans (et encore ! en était-elle si sûre ?). C'est donc talonné par le bâtard de sa maîtresse que Morny partit à la conquête de son ministère. On n'en était pas à cela près. La voiture qui les attendait était menée par le père de Morny, le général-comte de Flahaut. Autre bâtard que ce Flahaut, mais attention, de Talleyrand ! Il n'en avait pas moins été l'un des plus braves et des plus fringants généraux du Premier Empire. Et grand séducteur avec cela, sans quoi son histoire ne mériterait pas d'être contée ici. Sa délicatesse et ses grâces d'homme du monde avaient affolé le cœur d'Hortense de Beauharnais, épouse malheureuse de Louis Bonaparte, alors roi de Hollande par la grâce de son frère empereur. Leur passion avait laissé pour fruit cet impétueux Morny, faisant de lui le demi-frère d'un obscur napoléonide, Louis Napoléon, aujourd'hui président d'une République qu'on assassine. Plus tard, l'intéressé tirerait de son ascendance cette boutade célèbre : « Je suis petit-fils d'évêque, fils de reine, frère d'empereur, et cela tout naturellement ! »

Il faisait nuit noire encore, la ville était déserte. Du rond-point des Champs-Élysées à la rue de Grenelle, il ne fallut pas plus d'un quart d'heure au phaéton de Flahaut pour introduire sa cargaison de bâtards dans la cour de l'hôtel de Rothelin.

Là piaffait de plus belle un peloton de dragons. Le ministre sortant reçut l'étrange délégation sur des charbons ardents : le télégramme de Maupas ne l'avait pas éclairé le moins du monde, et, dans l'effervescence, il n'avait toujours pas fini de se vêtir. La vue du gourdiflot en chemise lui aiguisant la dent, Morny se régala d'une exécution à froid :

— Monsieur, vous êtes destitué. Excusez-moi de vous l'apprendre si abruptement. C'est moi qui ai l'honneur de vous remplacer. Faites-nous la grâce de vous retirer sans plus tarder.

Il ne fallut pas dix minutes au ministre vidé pour prendre congé de l'histoire.

Morny accusait une heure de retard. Ne doutons pas qu'à l'Élysée et rue de Jérusalem on s'en fût inquiété. Or, le nouveau ministre de l'Intérieur ne laissait filtrer pour sa part aucun signe de fébrilité. Sa dernière course en voiture l'avait complètement rassuré. Sur les bruines de la ville endormie, pas un carreau d'éclairé. Et dans les rues, pas un passant, pas un messager de la riposte, mais seulement ce qu'y cherchait son regard : des colleurs d'affiches.

De six à sept heures du matin, trois communications officielles furent placardées sur tous les murs de Paris : un « appel aux Français », lancé par le président de la République, un autre à l'armée, signé du ministre de la Guerre, et un décret ainsi formulé :

Au nom du peuple français, le président de la République décrète :
— Art. 1. L'Assemblée nationale est dissoute.
— Art. 2. Le suffrage universel est rétabli.
— Art. 3. Le peuple français est convoqué dans ses comices.
— Art. 4. L'état de siège est décrété dans toute l'étendue du territoire de la première division militaire.
— Art. 5. Le Conseil d'État est dissous.
— Art. 6. Le ministre de l'Intérieur est chargé de l'exécution du présent décret.

Le texte de ces trois proclamations, c'était précisément ce que l'aide de camp s'était vu remettre des mains de Louis Napoléon Bonaparte, au cours de l'ultime conciliabule, la veille, dans le froid confinement du Salon d'argent. Comme il quittait l'Élysée, serrant contre lui les précieux feuillets, cet officier était tombé sur Maupas, lui aussi sur le départ. Le préfet l'avait invité à bord de son coupé et l'avait personnellement conduit à l'Imprimerie nationale…

L'Imprimerie nationale occupait alors l'ancien hôtel de Rohan, sans ménagement aucun pour les précieux décors de l'ancienne demeure princière. La dirigeait depuis un an un ami fidèle du prince-président. Comme Morny, comme tant d'autres, le bonhomme avait passé sa soirée à l'Opéra-Comique. Rien de plus naturel : son propre frère n'avait-il pas signé le livret du *Château de la Barbe-Bleue*, dont on donnait ce soir la première ? Mais lui, comme peu d'autres, savait déjà à quoi s'attendre. Le prince-président lui avait personnellement demandé de tenir ses ouvriers prêts cette nuit-là, pour une mission dont on ne lui avait toutefois pas précisé les détails. Par précaution, une compagnie de gendarmerie avait été dépêchée rue Vieille-du-Temple, promptement répartie dans les divers ateliers de l'hôtel de Rohan. Et c'est en habit, toujours, plastron et nœud gaufrés, que le directeur de l'Imprimerie accueillit le mystérieux aide de camp de la présidence. Il écouta les instructions, s'empara des trois proclamations, puis en saucissonna les textes, de sorte que chaque ouvrier typographe n'en montât qu'un fragment insignifiant et que nul au marbre n'en soupçonnât la signification d'ensemble. Ce furent les gendarmes eux-mêmes qui collectèrent au pied des machines les affiches imprimées, et les emballèrent aussitôt. Ce qu'ils y lurent les enthousiasma tant qu'il fallut leur intimer fermement le silence. Les ouvriers, eux, on les avait promptement renvoyés dans leurs pénates.

À cinq heures du matin, le directeur déposa par dizaines les ballots d'affiches dans la cour de la préfecture de police. Déjà Maupas tenait prêts les fiacres qui répandraient les colleurs dans la ville.

Encore deux heures et, de Grenelle à la place du Trône, de la Nouvelle Athènes à la barrière d'Enfer, ces placards signeraient le fait accompli devant lequel, sans un bruit, en une nuit, on avait placé le peuple de Paris.

En prévision d'un accueil turbulent au réveil, d'une bouffée insurrectionnelle, pourquoi pas, une formidable armée avait été concentrée dans la ville, patiemment, unité par unité, sans que quiconque s'en alarmât. Il est vrai que, des soldats en ville, le peuple de Paris en avait pris l'habitude, même si, à l'occasion, c'était pour le rosser. Tout de même ! Ce furent au soir du 1er décembre cinquante-quatre mille hommes qui stationnèrent dans Paris. Un soldat pour vingt habitants ! Et avec eux, cent dix-sept pièces d'artillerie ! On ne savait plus où les héberger. Les casernes du centre s'en trouvaient saturées. Le ministère de la Guerre avait affecté le surplus aux bastions de l'enceinte de Thiers, les « fortifs », courant alors bien au large de la capitale. En outre, les trente mille hommes des garnisons périphériques, celles de Satory, de Saint-Germain, de Versailles, de Vincennes encore, avaient été mis sur le pied de guerre.

Ces troupes, on les concentra, on ne les déploya pas. Vers six heures, certaines unités, dont des régiments de cavalerie lourde, prendraient certes position autour de l'Élysée ; d'autres, par brigades entières, investiraient le quai d'Orsay, l'esplanade des Invalides, le jardin des Tuileries... Mais le général Magnan, un vétéran des guerres de l'Empire, aujourd'hui commandant les troupes de Paris, avait reçu l'ordre de la plus parfaite abstention. Pas de bruits de bottes. Pas de démonstration de masse. Comme quelques autres exécutants pressentis au milieu des non-dits et des brumes opaques, il attendait l'ordre de mouvement. Que le signal tardât, au cœur de la nuit, ne l'alarmait pas plus que cela. N'avait-il pas lui-même exigé qu'on ne l'instruisît de son action qu'au moment même de « se mettre en selle » ?

Ce flegme, tout au moins cette foi placide en la toute-puissante consigne, c'était exactement ce qu'attendait de lui le *général-ministre* de la Guerre, Achille Leroy de Saint-Arnaud. Lui-même ferait preuve cette nuit-là d'un grand calme, voire d'un soupçon de légèreté.

En quittant l'Élysée au terme de l'ultime réunion, Saint-Arnaud avait oublié d'emporter les documents que Louis Napoléon lui avait remis, sa proclamation au front des troupes, ainsi peut-être que des recommandations destinées à Magnan. Le vieux Mocquard, *chef de cabinet* du président, avait été obligé de filer au château des Tuileries, où siégeait alors le ministère de la Guerre, afin de les lui remettre. Il avait trouvé Saint-Arnaud dans son cabinet particulier, en robe de chambre, benoîtement apprêté pour la nuit. Comme il s'en étonnait, le général lui avait répondu : « Se reposer la nuit, c'est le moyen d'être en bonne disposition le lendemain matin. » Un repos de courte durée néanmoins. À trois heures, en effet, Saint-Arnaud rédigeait à son bureau les précieuses instructions qu'attendait Magnan, ordres que leur destinataire avait exigé écrits et signés de la main du ministre. Car s'il avait accepté de « rendre service », se rappellerait l'un des acteurs du coup, c'était « à la condition de n'en point supporter la responsabilité ». Le blanchiment garanti par la toute-puissante consigne, là encore. Saint-Arnaud lui fit payer cette mesquinerie par une interminable série d'injonctions puisées au B.A.BA de l'instruction militaire. Après cet avertissement : « Mon cher général, il n'y a plus de ménagements à garder… », l'humiliation se délectait de détails : « Ne perdez pas de vue que les troupes se battent mal quand les vivres manquent » ou : « Il ne faut pas un instant que les chevaux manquent de leur ration. » On n'épargnait au vieux briscard de l'Empire ni la paille pour le sommeil des troupes, ni les réassorts de munitions pour leurs tirs de barrage. C'était assez gonflé, à l'intention d'un soldat des rudes guerres d'Espagne, d'un héros de la campagne de France, dont les mérites s'annonçaient au cliquetis d'innombrables médailles lui pendant au poitrail. C'était odieux, surtout, de la part d'un ministre sorti de la manche, tout juste promu général de division, d'un petit Africain de nulle part, guerrier intrépide, certes, mais du genre traîneur de sabre, à rançonner ses victimes, à ruiner des vies pour en jeter le produit sur le tapis vert de tripots pouilleux. Enfin, c'est ce que devait en penser Magnan, comme pas mal de ses pairs. Car quoi ? Achille Leroy de Saint-Arnaud n'était à la naissance qu'un laconique Armand Leroy ! Un autre nom de paille au cœur de la conjuration, un autre blason de papier crépon !

La vie du bretteur, il est vrai, enfile au détail les perles du roman picaresque. Sabreur de chouans mais geôlier complaisant de la duchesse de Berry, rallié à la cause grecque pour l'abandonner au premier revers, ce « gant jaune » déclassé avait, pour survivre, joué la comédie sous le pseudonyme de Florival et chanté comme ténor sous celui de Glandor. Créanciers de tripot et maris trompés l'ayant contraint à l'exil, il avait enseigné l'escrime à Londres, avant de trouver le salut en Afrique. L'armée d'Algérie recueillait alors tous les rejetons armoriés en rupture de ban. Tout juste capitaine à quarante ans, bien tard donc, il avait toutefois fait merveille dans la grande chasse à l'émir Abd el-Kader. « Enfin, quoi, j'avais l'air un peu d'un boucher », avait-il alors écrit à son frère. Bugeaud l'avait pris en affection, mais le choléra avait emporté le providentiel protecteur ; Le Flô, Bedeau, Changarnier, Lamoricière, Cavaignac l'avaient commandé ou côtoyé, et tous, monarchistes ou républicains, le haïssaient. Aucune importance ! par la grâce de Maupas, cette chevalerie d'outre-mer croupissait maintenant à Bazas…

Se cherchant un ministre de la Guerre à la fois fidèle et résolu, Louis Napoléon l'avait pressenti. Mais auparavant, il avait fallu tailler sur mesure au postulant une campagne victorieuse, en Petite Kabylie, afin d'accroître son prestige auprès de la troupe et de ses cadres. L'opération de communication avait réussi, laissant une colonie en cendres. Elle n'en offrit pas moins un ministre tout neuf à la République, mais si celui-ci l'était de la Guerre, c'était bien pour la lui mener, à mort.

Saint-Arnaud ministre, le 26 octobre 1851, s'était employé à rameuter les seconds couteaux ou les étoiles montantes de la guerre d'Afrique, des hommes sûrs parce que assoiffés. Le message qu'il leur délivrait alors coulait sans détour : « Portons si haut l'honneur militaire, qu'au milieu des éléments de dissolution qui fermentent autour de nous, il apparaisse comme le moyen de salut à la société menacée. »

Le salut de la nation par sa propre grâce et la fermeté de son sabre, Saint-Arnaud y croyait vraiment. Le sulfureux se voyait messie. La quête du rachat le taraudait, cent, mille de ses lettres en témoignent. Le pénitent paradoxal n'en négligeait pas le vice pour autant. La boue, de la boue toujours ! la rédemption n'en produirait que plus d'éclat.

Attendant Magnan pour lui remettre son *vademecum* de campagne, il avait écrit à sa mère :

> *Bonne chère mère, je t'écris dans un moment solennel. Encore deux heures et nous allons assister à une révolution qui, je l'espère, sauvera le pays.*
> *Cette Assemblée folle, factieuse sera dissoute et un appel au peuple décidera du sort d'une nation fatiguée d'être ballottée par les inquiétudes et les soucis.*
> *[...] Paris se réveillera ce matin, la révolution faite ! Une centaine d'arrestations et la porte de l'Assemblée fermée, et tout est dit.*
> *[...] Tout est prêt, réglé, le ministère changé. Je fais toujours partie du nouveau : c'est sur moi que reposent l'action et la force.*

Et à son frère, dans la foulée :

> *Je suis en train de sauver le prince et la France. Si l'on fait ce que je veux, nous aurons un rôle admirable et*

selon la noblesse de nos sentiments. Si l'on persiste dans des folies, je me retire tout à fait.

Mais qu'était-ce qu'une « folie » dans la tête d'un pareil ruffian ?

À l'heure où l'on mouche les quinquets, pas le moindre vent de folie dans les rues. En décembre, on n'embauche pas avant huit heures, huit heures et demie. La monarchie de Juillet a certes généralisé l'éclairage au gaz, mais dans les rues, principalement. Les particuliers n'en bénéficient pas encore, à l'exception de magasins prestigieux ou d'échoppes de passages couverts très fréquentés – et de l'administration, bien entendu. Les ateliers, les petites boutiques, rien. Or l'artisanat très spécialisé des quartiers du centre exige de la lumière. Chez les ébénistes, les doreurs, les relieurs, les modistes, les merciers, les bottiers, chez tous ceux qui comptent sur de petites mains, on ne lève le rideau qu'au grand jour.

À huit heures, huit heures et demie, il était trop tard. Le tour était joué, l'Assemblée verrouillée, l'armée sur le pied de guerre. Les affiches collées, surtout. Et partout ! Aux carrefours, dans des ruelles où nicher Quasimodo, par-dessus les programmes des théâtres, les trois placards encore humides dictaient leur conduite aux soldats et en appelaient au peuple :

Aujourd'hui que le pacte fondamental n'est plus respecté de ceux-là mêmes qui l'invoquent sans cesse [les parlementaires], et que les hommes qui ont déjà perdu deux monarchies veulent me lier les mains, afin de renverser la République, mon devoir est de déjouer leurs perfides projets, de maintenir la République et de sauver le pays, en invoquant le jugement solennel du seul souverain que je reconnaisse en France : le Peuple !

Et encore :

Ainsi donc, pour la première fois depuis 1804, vous voterez en connaissance de cause, en sachant bien pour qui et pourquoi.

Ce genre de proclamation faisait mouche. Les députés, le peuple s'en défiait : ils lui avaient fait tirer dessus en juin 1848. Le rétablissement du suffrage universel rogné par ces mêmes députés ne pouvait que le séduire. Et voter pour un Bonaparte ne lui semblait pas… une folie.

De petits groupes se formaient, mêlant les paletots aux ronds-de-cuir, qui ne lisaient que pour comprendre que la parenthèse était close, qu'on en finirait avec les rumeurs de coup d'État puisque, enfin, il était fait. Aux manœuvres ou aux portefaix à peine alphabétisés, des cochers résumaient la situation : « C'est rudement crâne, mais c'est fait. » Oui, on trouvait la partie bien jouée.

Les mécontents auraient pu se ruer dans les églises et sonner le tocsin ! Maupas avait négligé de placer des agents au pied des clochers ! Bévue qui ne serait rectifiée que dans la journée. Mais alors, les effectifs feraient défaut. Qu'à cela ne tienne ! Il ordonnerait tout bonnement que l'on coupe les cordes de carillonneurs. Aux premières heures du jour, cependant, la précaution avait paru inutile. On arracha peu les affiches toutes fraîches, sauf quand elles débordaient sur les volets de l'échoppe. Plus que l'approbation franche, plus que l'indignation ou le réflexe de résistance, c'était la surprise qui dominait. Que tout se fût joué en une nuit sidérait le peuple de Paris.

« La grande gloire de Napoléon III aura été de prouver que le premier venu peut, en s'emparant du télégraphe et de l'Imprimerie nationale, gouverner une grande nation », feulerait Baudelaire quelque temps plus tard. Pas seulement. À la martingale proposée par le poète manque encore le secret. Le secret conditionne la surprise. Le secret coupe les jarrets à la riposte, aux dispositifs de défense prémédités de longue date… Qu'une fuite l'évente, et l'agioteur se retrouve sur la paille ; le cambrioleur aussi, mais au fond d'un cachot… Quant au conjuré, ce sera la corde ou le poteau.

La prouesse fut de l'avoir gardé. Une prouesse, oui, car le coup ne faisait de doute à personne. La perspective d'une nouvelle élection présidentielle, l'année suivante, et l'impossibilité constitutionnelle pour le locataire de l'Élysée de se représenter scellaient cette fatalité. Une question restait en suspens : ce coup, qui le jouerait ? l'Assemblée et ses prétoriens contre le président ? les rouges ? le président contre ces deux partis en même temps ?

L'affaire courait de suffisamment loin pour qu'on se lassât d'attendre. L'incertitude pesait sur les affaires. Même les relieurs se plaignaient qu'on ne leur confiât plus de missels à façonner et à dorer, comme c'était l'usage à l'approche des étrennes. Avant même sa nomination à Paris, Maupas écrivait à son maître : « Si la solution qui conduirait à en finir avant le terme [les élections] a ses périls, l'attente a de plus redoutables dangers. »

Oui, l'impatience gagnait. Louis Napoléon lui-même se coupait. À la toute fin de novembre, à l'Opéra en compagnie de sa cousine chérie, la princesse Mathilde, il avait longuement dévisagé Thiers en conversation avec l'un de ses plus assidus partisans. Mathilde en avait été intriguée et s'en était ouverte à son président de cousin ; et celui-ci avait lâché le morceau :

— Je n'ai pu m'empêcher d'attacher longtemps mes yeux sur ces personnages, qui entretiennent la pensée de me précipiter du pouvoir, de me jeter à Vincennes, et qui, dans deux jours, seront peut-être en prison.

— Vous allez donc faire quelque chose de grave ?

— Oui, avant peu, tout sera perdu en France si je n'agis point.

Persigny non plus n'y allait pas par quatre chemins, mais de ses bévues on avait pris l'habitude. Le 17 novembre, à l'issue d'une énième et vaine manœuvre des parlementaires hostiles au président, un député croyant l'orage écarté l'avait ainsi apostrophé :

— Je vous parie ma tête qu'il n'y aura pas de coup d'État.

— Et moi, je vous parie la mienne qu'il y en aura un !

Il parlait vraiment trop. Mais qui ne parlait pas ? Et dans le tintamarre des oracles à trois sous, les coquetteries incongrues d'un Magnan ne produisaient pas plus d'écho qu'un battement de cils. Magnan ! Le briscard un rien pusillanime qui avait exigé qu'on ne le mît dans la boucle qu'à l'heure de chausser les étriers, eh bien, Magnan n'en avait pas moins commandé un bel habit barré de brandebourgs, ayant prié son tailleur qu'il se hâtât car, « d'ici le 10 ou le 15 décembre, le président [serait] installé aux Tuileries ». Des fuites, des maladresses, il y en eut, certes. Comme d'éventuels complices pressentis mais réticents ou écartés qui auraient pu alerter. Mais alerter de quoi ? D'un coup d'État ? Chacun préparait le sien ! Au fond, le secret ne portait que sur un détail : la date !

En témoigne le court entretien qu'eurent Louis Napoléon et le chef d'état-major de la garde nationale, lors de la réception à l'Élysée, peu avant l'ultime conciliabule au Salon d'argent. La garde nationale, milice bourgeoise, conservait à Paris des sympathies républicaines ou orléanistes. Elle pouvait passer à l'émeute si d'aventure une riposte se dessinait. Les conjurés voulaient éviter sa mobilisation. Selon le vieil usage révolutionnaire, des tambours en battaient le rappel. Il suffisait d'en crever les peaux. On y ajouterait la précaution de mouiller les poudres. De cette mission, le chef d'état-major, circonvenu par Persigny, se savait parfaitement investi. Mais, comme tant d'autres, il ignorait quand passer à l'action.

— C'est pour cette nuit, apprit l'officier, à dix heures du soir, de la bouche élyséenne. Pouvez-vous m'affirmer que demain on ne battra pas le rappel ?

— Oui, Prince, si j'ai assez de monde pour porter mes ordres.

— Voyez Saint-Arnaud… Il faut que vous couchiez à l'état-major.

— Mais si l'on me voyait passer la nuit dans un fauteuil à l'état-major, cela étonnerait.

— Vous avez raison. Soyez-y à six heures du matin. Vous serez averti. Et qu'aucun garde ne sorte en uniforme ! Allez… Non, pas encore ! Vous auriez l'air de vous retirer sur mon ordre.

Un professionnel du coup de force ne goûterait guère l'improvisation qui sourd de l'échange. Ordres et contrordres se chuchotent entre deux huis, aussitôt perdus dans des stridulations de volière. Comment s'y entendre, là-dedans ?

Aussi se trouvait-il encore parmi les élus des badernes pour croire que le prince-président n'accoucherait de rien de mieux qu'un nouveau Strasbourg ou un nouveau Boulogne. D'une piteuse arlequinade, en somme. Le secret se nourrissait de leur cécité. Nulle oreille, par exemple, n'avait sifflé à l'approche du jour fétiche des napoléonides, le 2 décembre, date anniversaire du sacre et de la victoire d'Austerlitz ; c'est à croire que les camps adverses espéraient un répit de la « trêve des confiseurs ». Des brumes enveloppaient les certitudes. Était-ce l'habileté du meneur de jeu ou le coupable aveuglement d'un monde politique à bout de souffle ?

Trois petites années auparavant, Thiers pérorait encore : « J'ai bien étudié le prince de près et de loin : c'est un homme absolument nul. »

Le ténor mélangeait aujourd'hui le lait et le jus de chaussette dans une méchante tasse de la prison de Mazas ; le « nul », lui, contemplait à ses pieds les entraves dont il s'était défait.

Paris sous le pied d'un cheval

> « [Au] cœur de l'Atlantique tourmenté de mon être, il m'arrive de jubiler dans un calme muet tandis que les planètes néfastes gravitent sans fin autour de moi sans toucher la place profonde et intime où baigne l'étincelle de ma joie. »
>
> Herman Melville, *Moby Dick*

Fleury s'est présenté peu après six heures du matin, un je-ne-sais-quoi de fringant dans sa tournure. L'allant que porte le vent mordant des jours de veine, sans doute… L'uniforme ne le change en rien. Fort élégant au demeurant, bien pris dans son dolman écarlate de chef d'escadron des spahis… Des brandebourgs noirs plein le torse, les manches ondulant jusqu'à la saignée du coude en d'inextricables hongroises au fil d'argent, tout cela claque, effectivement. Mais là n'est pas ce qui frappe. La blondeur tout d'abord, des mèches lissées d'enfant modèle mais une moustache de chef burgonde ; l'éclat métallique du regard, ensuite, deux traits d'azur qui vous pénètrent jusqu'à l'os. Nul n'échappe à ce feu boréal. Fleury n'a pas son pareil pour sonder les individus. D'où tient-il un tel talent, ce bretteur des sables ? Lui qui, en dandy compulsif, avait dilapidé la belle fortune de son père, les lionnes de Paris puis celles de Londres pendues à ses basques ? Son jugement est précieux, pourtant. Plus qu'un officier d'ordonnance, plus qu'un garde du corps, c'est un compagnon. Et des plus décoratifs. Quel dommage qu'il soit affligé d'une tête un peu trop carrée, et vissée sur un col de lutteur de foire ! Cette disgrâce toute relative, c'est une politesse qu'il me fait.

Il a surgi comme une flamme du Salon doré, celui des « Muses », plongé dans la plus totale obscurité. Délié, en parfait homme du monde. Et c'est en parfait homme du monde qu'il a refusé une tasse de café, puis une cigarette. Il vient aux ordres. Il délivre des informations, ou plutôt ce qu'il a pu glaner d'impressions depuis les anciennes écuries de la duchesse de Berry où il loge, rue Montaigne*, jusqu'au portique du palais. Pas grand-chose donc, en un si bref périple, si ce n'est l'engourdissement cadavérique d'une nuit d'hiver. La conversation s'engage, sans façon. Il donne du « Monseigneur », certes, mais sait jouir de l'intimité privilégiée de l'instant. Quoique circonspect, toujours : c'est à leur réveil que les Parisiens trancheront, en faveur ou non de notre affaire, n'est-ce pas ? Quant à sa mission présente, elle ne l'enthousiasme pas : il inspectera les troupes positionnées à proximité du palais, tandis que

* Actuelle rue Jean-Mermoz. Entre les n°s 9 et 19, où déboucherait bientôt la rue Rabelais, se trouvaient les écuries et les remises à voitures du palais de l'Élysée, aménagées par le duc de Berry à partir de 1816.

ses compagnons de chambrée, pour ainsi dire, Edgar Ney ou Toulongeon, s'assureront de celles qui verrouillent le quai d'Orsay et tiennent les Invalides et le jardin des Tuileries. Le périmètre de parade, en quelque sorte.

Fleury prend congé comme il a paru, dans un souffle altier. Je lui envie ses jambes de danseur.

Le salon des Muses baigne maintenant dans l'ambre ; on a dû allumer les becs d'Argand, ce parfum de gaz ne trompe pas, enfin plutôt ces effluves discrets de patate pourrie... Et la voix de Fleury flotte sur cet air vicié de potager. Il a dû croiser quelqu'un en sortant. Sept heures moins le quart, ce doit être Persigny. Ils parlent à mi-voix, mais, dans le silence spectral du palais, c'est encore trop :

— ... Imperturbable.

— Cela m'aurait étonné !

— Vous verrez, tout pantalonné et éperonné, mais en robe de chambre...

— Éperonné, éperonné, mais dans quelle intention ?

— Je vous laisse le soin de deviner. Pour l'heure, il sirote son café comme s'il attendait les gazettes du matin.

— Il peut, les nouvelles sont excellentes.

— Ah, et prenez votre souffle, le cabinet du Prince est plus saturé qu'un fumoir.

Avec Persigny, c'est une tout autre musique. Lui exulte. Mais plutôt que de rassurer, son exaltation sème le trouble. Le rapport se perd en détours ; le loyal serviteur ne rend pas compte, il spécule.

— Pour parler franc, Sire, carton plein ! [« Sire », il nous y voit déjà.] Nous tenons l'Assemblée. Vos pires ennemis sont à Mazas. Selon les dernières dépêches de la préfecture de police - tenez, les voici -, la prison déborde. M. de Maupas en place à Vincennes. Ah çà ! Ils vont y réfléchir à deux fois, ces grands du royaume qui moquaient vos idées généreuses ! Qui se fermaient à la si vaste portée de vos vues !

Il cherche un signe d'assentiment. Il n'aura rien. L'en voilà renfrogné, on dirait.

— Parmi les nouvelles que nous donne M. de Maupas, il n'en est qu'une qui inquiète : il est bientôt sept heures, et M. de Morny n'a toujours pas gagné le ministère de l'Intérieur.

Pas « renfrogné », non, trop heureux, tout au contraire ! Ah Morny ! S'il pouvait le catapulter dans les Aurès, Persigny le ferait dans l'instant, sans ordre, ni même en référer à quiconque !

Ces deux-là nous promettent un bras de fer pour le moins... encombrant.

— Souhaiteriez-vous que je me rende moi-même à l'hôtel de Rothelin ?

Nous y voilà ! Persigny me fixe de son regard ardent et limpide. Il a voulu tout d'abord évaluer l'effet de l'information qu'il a assénée ; il cherche maintenant une réaction à la proposition qu'il a faite, à l'offre de service plutôt, opportunément hasardée... Il n'aime pas la cigarette. Non qu'il craigne pour sa santé, il fume lui aussi. Mais il redoute les volutes épaisses dont elle nimbe le fumeur. Il lui faut le champ clair. Le loyal serviteur est un canonnier : direct, droit au but. Il voudrait crever la tabagie comme on lève le rideau de scène et trouver soudain la pleine lumière. Sondez, mon bon, sondez ! Ce sera peine perdue. Le comte Apponyi, un diplomate pourtant, me trouve des yeux d'opiomane, et le crie partout, c'est vous dire ! Vous aurez beau scruter, toujours, je vous dérouterai. Je les déroute tous.

Fleury est revenu sur ses pas ; quelque chose le préoccupe, et cela se voit aux précautions qu'il prend :

— Pardonnez-moi, Monseigneur, je m'attarde alors que j'ai vos ordres, mais... Nous devons nous rappeler qu'en février 1848 ce fut faute de vivres ou d'argent pour s'en procurer que la troupe a mis la crosse en l'air. Cela ne peut se répéter. Ne devrions-nous pas prendre les dispositions nécessaires ?

Mocquard, l'ombre omniprésente, qui ne dort ni ne réclame, a aussitôt vérifié l'état des fonds secrets : nos derniers francs-or couleront bientôt en maigres rigoles, parmi les cantonnements *intra-muros*. Nous voilà rincés.

À ce trio d'âmes fermes, je fais part de mon intention de me produire au front des troupes. Parader, c'est tout de suite répandre un parfum de victoire, et puis ma présence apaisera les Parisiens. Déjà Persigny bondit afin que l'on attelle le landau présidentiel – une caisse Binder que j'ai à peine eu le temps d'étrenner, après trois ans à cahoter dans un wourch à peine mieux suspendu qu'un fiacre et emmené par deux chevaux rachetés par la République à ce ladre de Cavaignac. L'idée l'enthousiasme, de toute évidence – « Montrez-vous, Sire, et le peuple de Paris applaudira » –, mais Persigny raisonne en piéton. Ce n'est pas en voiture découverte que j'entends me montrer, mais à cheval. Il n'est de conquête qu'à cheval. Persigny ignore tout des pouvoirs immanents du cavalier. Ce ne sont pas seulement la hauteur de vue, la vélocité qui les lui confèrent. L'animal écumant, l'œil blanc, le naseau turgescent, incarne le tumulte et la frayeur ; et cette fureur, le tact de l'écuyer la maîtrise comme la sagesse du prince canalise les égarements de la multitude. La monture n'est plus un véhicule que l'on mène ; elle n'est plus un *moyen*… elle fait un trône. Le vainqueur à cheval, c'est son maître que la Providence désigne au peuple déboussolé. Cela, Persigny ne le conçoit pas. Fleury, peut-être. L'écuyer le dispute en lui à l'homme de cheval. Il juge l'animal aussi sûrement que les individus. Mais qu'en sait-il, du peuple, lui qui semble ne nous avoir rejoint que pour tromper l'ennui ? Tête froide, toujours, il évalue le risque, en lissant ses moustaches dorées à la feuille. Pour finir, il demande un peu de patience…

— Mon cher Fleury, vos préventions ne sont plus de mise. Avez-vous lu cette dépêche de M. de Maupas ? « Nous triomphons sur toute la ligne. » Peut-on se montrer plus clair ?

— Monseigneur, laissez-moi sécuriser le parcours !

— À la bonne heure ! N'est-ce pas précisément l'objet de la mission que je vous ai assignée, il y a une demi-heure déjà ? Allez !

Je les entends depuis l'enfilade des grands salons. Pas Fleury ni Persigny, les autres, les ralliés. Ils s'y pressent en un banc de harengs ; ils scintillent de médailles, virevoltent ; ils font des bulles et tournent les têtes de-ci, de-là, mais en parfaite synchronie, tous vers une embrasure, puis vers une autre, d'où pourrait paraître leur nouveau maître. Le matin qui se fait timidement promet un ciel maussade, délavé de crachin. Mais aucune intempérie n'aurait su vaincre leur curiosité. L'aube n'en finit pas, et le palais grouille.

J'aurais pu, en souvenir des brefs séjours que mon oncle fit en ces murs, choisir comme cabinet de travail le salon des Muses, agréable, clair, ouvert à la fois sur le petit parterre du Levant et les grands arbres du parc. Au reste, on ne le nomme plus ainsi, mais plutôt « des Portraits », depuis que Caroline Murat, à la place des neuf Muses, avait fait insérer les portraits de notables figures de la famille – Fleury y a complaisamment replacé ceux de ma mère adorée et de mon père, immortalisé en roi de Hollande, ainsi que ceux de Joseph et de son épouse, du temps de Madrid, repêchés Dieu sait comment dans les remises du Mobilier national. Mais ce salon de coin se trouve en prise directe avec l'enfilade, ce qui l'expose aux assauts des importuns. Je lui ai donc préféré la pièce voisine, le salon de Cléopâtre, plus intime, sobre, très *kleinbürgerlich**, j'en conviens, mais mieux isolé du flux incessant par le solide mur de refend auquel s'appuie l'escalier d'honneur. C'est une cache presque, une cellule, et d'un tel confinement j'ai conservé l'habitude. Neuf heures carillonnent à une pendule borne dont j'aimerais qu'on me débarrasse, et, là, seul, je jouis de l'affluence voisine sans la subir.

J'en ai fait mander, parfois personnellement. Ainsi Flahaut, à qui j'ai adressé un billet, en même temps

* « Petit-bourgeois ».

qu'à son fils, Morny, à qui j'ai ajouté un clin d'œil *fraternel* comme pour conjurer le sort. Oh ! une bagatelle : l'en-tête « Président de la République », je l'ai *couronné* d'un gros point d'interrogation…

Qui, mis à part Flahaut ? Le maréchal Exelmans, un familier, grand chancelier de la Légion d'honneur, puis Saint-Arnaud, Magnan, des généraux en cascade… Leurs bottes parfaitement lustrées martyrisent le mauvais parquet du Grand Salon. J'en entends d'ici cliqueter les éperons. Outre cette garde rapprochée coule la meute des flatteurs qui s'est présentée spontanément, et cela dès les premières lueurs du jour. Là, de rares députés, des diplomates, des financiers, et parfois suités de matrones laides à faire crier les chiens ; des journalistes également, qui voudraient me jauger, les pauvres, et, parmi eux, des correspondants étrangers, celui du *Times*, notamment, m'indique Fleury, toujours sur le qui-vive… Pour ma part, je vais droit au roi Jérôme, mon oncle, le dernier de la fratrie qui a régné sur toute l'Europe. Depuis des mois il me boude. Voilà trois ans que la République le couvre d'honneurs et de charges d'un bon rapport, mais il boude son munificent président. Il m'a trop longtemps pris pour un béjaune compromettant ; il peine à se défaire de cette habitude. Quant à son fils, il siège avec la Montagne. Un rouge ! entendez cela : le prince Napoléon-Jérôme vociférant parmi les démocrates socialistes ! Mais pas moins regardant sur ses prétentions au trône impérial, le bougre ! Où peut-il bien être à cette heure ? Pas à déchausser les pavés, tout de même ? Ma cousine Mathilde m'a dit un jour : « Quand je vois mon père et mon frère qui mordent la main qui les bénit, je me sens comme une bâtarde. C'est à croire que je n'ai pas le même sang qu'eux. » Que j'aime Mathilde ! Elle rachète tous les autres.

— Alors, mon oncle ? Voudriez-vous nous accompagner à cheval ? [Quelle question ! il est tout harnaché pour cela.] La petite cavalcade ne vous fatiguera-t-elle pas ?

— Tu me moques, Louis ?

Souffle une brise d'indignation courtisane. Il est vrai que, lorsqu'il se cabre, le vieux roi de Westphalie ressemble à s'y méprendre à l'Empereur. Bah ! Un demi-sourire tabagique, un plissement de paupières, et pffft ! c'est de nouveau le calme plat.

— Allons, mes amis, il est temps de paraître !

La caracole n'aura pas pris deux heures. Les chevaux sellés piaffaient dans la cour d'honneur mais nous avons emprunté la grille du parc. Une de ces préventions de Fleury, toujours. Descente des Champs-Élysées, noyés sous le crachin, les feuilles mortes collant aux sabots ; traversée au pas de la place de la Concorde, où fusent les acclamations *déplacées*, admettons-le – « Vive l'Empereur ! vive Napoléon ! » –, de la brigade de De Cotte et d'une foule considérable, parmi laquelle, je n'en doute pas, quelques énergumènes placés là par Persigny… Bah ! qu'y puis-je, moi ? Et puis, quoi ? Pas de poings levés, pas de coups de feu, pas de sang, n'y a-t-il pas là motif à satisfaction ?

Un tentateur ayant ouvert la grille du jardin des Tuileries, nous l'avons franchie tout sourires. Me voilà qui danse, qui roule des épaules au pas élastique de Mitzi, une alezane pur-sang que m'a offerte miss Howard. Ah, Harriet, délicieuse complice, j'engloutis ta fortune et tu me fais encore des présents ! On dit ma démarche hésitante, ma silhouette déjetée… Peu me chaut. Les jolies femmes ont pour moi des faveurs exquises et je monte à la perfection. Si je m'écoutais, je passerais ma vie à cheval. Cela est vrai, ma complexion me le commande, et mes souvenirs aussi. Des souvenirs obsédants. À Strasbourg, c'est à pied que j'ai harangué sous la neige la troupe hésitante, à pied toujours que j'ai été pris à partie par des sous-officiers, comme un soudard de relais de poste… À Boulogne, c'est à pied encore, à toutes jambes, que nous avons fui, Persigny, Aladenize et moi ; que nous avons pataugé sur le rivage, les vagues à mi-cuisse ; à nos pieds qu'est tombé un compagnon frappé par la mitraille, avant que nous ne fussions pris dans les filets… Il est des humiliations qu'on n'oublie pas. À cheval, l'on franchit l'obstacle, l'on perce, ou l'on chute et l'on se brise les os. Une fin qui ne déshonore pas. La légende alors maquille l'échec.

Dans l'élan d'un petit galop de chasse, nous avons dépassé le peloton de carabiniers qui couvrait ma personne, le cortège m'emboîtant le pas dans le désordre, le roi Jérôme à mes basques… « Tu vas trop vite, Louis, tu vas trop vite… », n'a-t-il cessé de me seriner dès lors que nous avons dépassé le Grand Bassin, sans que l'on sache si c'était l'allure vive qui secouait sa vieille carcasse ou la prudence qui lui soufflait un conseil politique. C'est que le château des Tuileries nous évoque tant de gloire, à lui comme à moi. Mais non… trop tôt. Et je ne goûte guère l'impromptu. Allons, mon oncle, ménagez votre souffle, le château ne serait pas à l'ordre du jour même s'il s'ouvrait spontanément à moi. Voyez ! nous quittons le jardin juste sous ses murs, par la grille de Flore.

Nous avons ensuite sagement longé le quai, puis franchi les guichets pour trouver la cour du Louvre noire de monde. Là, impossible de pousser plus loin. Certes, il y a eu de rares imprécations hostiles, des « Vive la République ! » surtout, et de la part d'un régiment de la ligne, de surcroît, mais rien qui indique le *contrecoup*, rien qui résonne comme l'appel aux barricades… Au reste, que l'on invoque la République ne me froisse pas, puisque je la sauve ! Puisque je terrasse ses fossoyeurs ! Thiers m'a dit : « Renversez la République ! », mais c'était pour rétablir le trône des Orléans. Molé m'a dit : « Renversez la République ! », mais c'était au profit des Bourbons. Quant aux rouges, ils ne me disent rien, mais n'en forgent pas moins mes fers dans un cachot de Vincennes, les buses. Nous ne sommes tous d'accord que sur un point : le pourrissement du corps social. Dans ces conditions, puisque tout le monde espère une action, autant qu'elle vienne de moi, et de moi seul, dans l'intérêt de ma propre cause qui est celui de la nation. Je ne mène pas un coup d'État, je mène un coup de salut public !

Nous avons fait volte-face, néanmoins, repassé les guichets, franchi le pont Royal et longé le quai d'Orsay… Des « Vive la République ! » parfois encore, mais quand je saluais ces bonnes gens, l'on se découvrait toujours.

Et l'humeur n'a pas changé aux abords du Palais-Bourbon, tout au contraire, des « Vive l'Empereur ! », des « Vive Napoléon ! ». À la vue de la coquille de l'Assemblée vidée de sa substance, je n'ai pu m'empêcher un « C'est bien fait ! ». Dire qu'il y a quinze jours seulement, quinze jours exactement, les questeurs tentaient encore de se pourvoir, eux ou le président de ladite Assemblée, du droit de requérir la force armée contre moi ! Sous le prétexte diaphane d'assurer la sécurité des représentants ! Une déclaration de guerre, rien d'autre, après tant d'assauts de pingrerie, à propos de ma liste civile, à propos de nécessaires travaux d'aménagement à l'Élysée… Après, surtout, le refus cinglant d'une réforme de la Constitution qui m'aurait ouvert la perspective d'une réélection dès le terme de mon premier mandat. Ils m'ont forcé. Oui, j'ai épuisé tous les moyens légaux, exploré toutes les voies constitutionnelles, en vain ; ce sont eux, les parlementaires, qui ont fait le lit du coup de force. Mais n'était-il pas écrit, cet antagonisme mortel entre la présidence et l'Assemblée ? Je ne sais plus qui me le faisait remarquer, mais c'est exactement comme si la Constitution avait accouplé deux personnes en leur interdisant à la fois le divorce et le mariage !

Brisons là. Il fallait tourner le dos à ce temple du bavardage et des combinaisons, à son arrogant fronton. Et retourner au palais par les jardins… en passant par la Concorde.

À les voir, c'est fait. Ils se pressent plus nombreux que tout à l'heure, plus envahissants qu'un soir de bal, chacun sa congratulation cauteleuse au coin des lèvres. Il n'est pas midi, et le parti de la peur commence de se rallier, certaines de ses illustrations la mine encore tout ébahie de n'être pas écrouées. Et la cohue ne faiblit pas. Les salons sont autant de taillis inextricables, les poignées de main interminables. Or il y a tant à faire, à commencer par constituer le ministère. Émergeant de l'écume poisseuse, le regard de Fleury me sollicite et, bientôt, son bras m'emmène à l'écart, enfin.

En présence de Mocquard porteur des dernières dépêches de la préfecture et de l'Intérieur, Fleury résume l'événement. Il ne faut pas se laisser leurrer pas l'affluence de notabilités à l'Élysée. Toute la matinée, les députés – on n'en a arrêté que seize avant le point du jour – ont multiplié les amorces de contre-feux, chez les uns, chez les autres. La reconquête du Palais-Bourbon ayant échoué, les fauteurs n'ayant pas été appréhendés sauf quelques enragés, un fort parti de parlementaires s'est réuni dans la salle des Mariages de la mairie du Xe arrondissement* – pas moins de deux cent dix-huit députés, nous précise M. de Maupas qui avait là-bas des indicateurs. Il devait être un peu plus de dix heures, nous passions à cheval la grille du parc. Des figures du parti de l'Ordre, pour l'essentiel, Berryer, le comte de Falloux, le général Oudinot, Molé toujours… Une poignée de Montagnards seulement, dont Grévy, tout de même. Régnait dans la salle des Mariages, dit-on, à peu près la même effervescence que sur les bancs de l'hémicycle, les secrétaires des

* De 1795 à l'annexion des faubourgs, le 1er janvier 1860, le Xe arrondissement couvrait, depuis l'enceinte des Fermiers-Généraux, le quartier des Invalides et le faubourg Saint-Germain, jusqu'au quartier de la Monnaie. Depuis 1850, la mairie occupait un hôtel de la rue de Grenelle (alors « Grenelle-Saint-Germain »), tout proche du carrefour de la Croix-Rouge et bientôt emporté par le prolongement de la rue des Saints-Pères.

délibérations devant rappeler à l'ordre ces orateurs incorrigibles. « Restez à vos places ! Songez que l'Europe entière vous regarde ! », se serait illusionné ce pauvre légitimiste de Benoist d'Azy, propulsé président de séance... Les récalcitrants n'en auront pas moins adopté trois décrets. Le premier prononce la déchéance du président de la République pour faits de haute trahison ; le deuxième confie au général de Lauriston, commandant la Xe légion de la garde nationale, la mission de procéder à l'arrestation du président déchu – quoique sa présence soit attestée à la mairie du Xe arrondissement, le général n'a pas été aperçu aux abords de l'Élysée. Le troisième ordonne l'élargissement de toutes les personnalités appréhendées cette nuit. À l'unanimité, les représentants ont requis le concours de la Haute Cour, afin qu'elle entérine les décrets et les rende exécutoires ; celle-ci s'est aussitôt réunie au palais de justice. Il semble alors que la foule ait envahi la salle des Mariages.

— Y a-t-on vu le prince Napoléon-Jérôme ?

— Les dépêches ne le mentionnent pas. En revanche, le prince votre cousin a tenté, plus tôt dans la matinée, de s'introduire dans l'Assemblée, mais en vain, semble-t-il : il ne figurait pas parmi ceux que les gendarmes ont expulsés.

— Je réalise qu'en longeant le quai d'Orsay nous sommes passés à deux pas de ce foyer de contestation !

— En effet, c'est là qu'un émissaire du général Forey nous a avertis, le ministre de la Guerre et moi-même...

— Et qu'a fait M. de Morny depuis tout ce temps ? Voilà plus de trois heures que l'on pérore de l'autre côté du fleuve ! Son ministère n'est qu'à un jet de pierre de la mairie !

— Le comte de Morny n'a probablement pas jugé l'affaire sérieuse. En outre, si vous me le permettez, Monseigneur, je rappellerais que M. de Morny compte de nombreux amis parmi les représentants réunis en cette mairie ; j'ajouterais qu'il n'y a là-bas pas moins de seize de vos anciens ministres.

— Est-ce à dire qu'on laisse faire ?

— Non, Monseigneur, M. le préfet de police a dépêché sur place deux commissaires de police, M. de Morny espérant ainsi éviter d'infliger à ses collègues l'intervention de la troupe. Le général Oudinot venait d'être institué commandant de la garde nationale et de l'armée de Paris… On n'a pas vu un garde en uniforme se rallier à lui, mais l'agitation était à son comble. Peut-être plus conscient de l'urgence, M. le ministre de la Guerre a finalement fait déployer des unités placées sous le commandement du général Forey…

— Et ?

Et je déduis de la suite que la contre-offensive a tourné court… À l'exception des drôles de la Montagne, qui ont exigé bruyamment d'être emmenés de force, soulevés hors de terre, ces messieurs du parti de l'Ordre ont servilement évacué leur tribune de fortune entre deux rangs de fantassins, les uns criant « Vive la Constitution ! », les autres, plus rares, plus hypocrites surtout, « Vive la République ! », sans que les quidams rameutés là par le grabuge les soutiennent de la voix ou du poing. Prudent, Forey a néanmoins fait diriger les fourgons qui les emmenaient non pas vers Mazas, pleine et surtout fort éloignée, mais vers la caserne d'Orsay.

Croyez-vous que la foule se serait émue de ses représentants baladés en cage ? Pas le moins du monde ! Pensez-vous qu'elle aurait prêté attention à leurs exhortations au désordre, lancées à travers les barreaux du panier à salade ? Non pas ! Un calicot qui passait par là leur aurait même lancé : « Si vous croyez qu'il nous reste du temps pour vous, les "Vingt-cinq-francs" ! » Vingt-cinq francs, c'est ce que perçoivent quotidiennement ces bavards lors des sessions parlementaires, vingt-cinq, alors que, dans le même temps, un ouvrier carrossier n'en touche pas quatre ! Les princes de la classe ouvrière, pourtant, ces carrossiers, et tout juste de quoi se nourrir, se loger et se vêtir ! Eh oui, mon bon Mocquard ! Je sais cela, moi ! Je le sais, quand trop de ces messieurs du parti de l'Ordre l'ignorent ! Ces « Burgraves » enfermés dans leurs beaux salons de la rue de Poitiers, ces royalistes de tout poil mais tous ultraconservateurs, comment voulez-vous qu'ils retissent le lien avec le peuple ? Ils ne sont que les créatures de monarchies censitaires ; ils ne rêvent que de les restaurer. Posséder est leur mérite. Quant à réformer… Voilà ce qui finit toujours par discréditer l'élite, en France : sa répugnance à réformer. Une répugnance viscérale. Tant qu'il reste à racler, ils raclent. Savent-ils seulement ce que signifient ces mots : l'avènement de temps nouveaux ? Des avertissements résonnent, les cornes trompettent et les trompes sonnent ! Mais ces alarmes, chez eux, ne produisent pour seul effet que leur immobilisme. On les croirait pétrifiés s'ils ne tremblaient.

Oh, on trouvera des sujets brillants parmi les représentants ! Berryer, Montalembert, Tocqueville, et des poètes, si l'on en veut, Lamartine, bien sûr, Victor Hugo, surtout. Hugo ! Hugo qui me flétrit maintenant, mais pair du royaume tout de même, philippiste nostalgique, et qui, pour se pencher sur les misères du peuple, n'en a pas moins voté la suppression des ateliers nationaux, en juin 1848. Il a tonné de son verbe souverain pour cela, pour que l'on prive de sa seule ressource l'ouvrier promis au chômage. Qu'a-t-il dit, à la tribune, des ateliers nationaux et de leurs allocataires, rappelez-le-moi ?

« Nous connaissions déjà le désœuvré de l'opulence, vous avez créé le désœuvré de la misère, cent fois plus dangereux pour lui-même et pour autrui. La monarchie avait ses oisifs ; la république aura ses fainéants. »

Ah çà ! de belles paroles, assurément ! Presque aussi perçantes que son « Napoléon le Petit » ! Résultat ? cinq mille cinq cents morts ! Et cela parmi les seuls insurgés ! car la troupe aussi a payé son tribut ! Comment les croire alors quand ils parlent du progrès et de ses bienfaits pour le peuple ? Les Burgraves prétendent sauver la paix civile et le bon ordre de la nation ; ils ne préservent que leurs positions. Cette élite-là fait littéralement *sécession*. L'élite lit mais ne songe pas à alphabétiser. Elle pense, mais en hiérarque byzantin : elle ne pense pas aux autres. Elle s'enrichit, mais elle hausse les sourcils quand on lui dit « bien-être collectif ». Elle se dissocie du peuple. Elle ne partage plus rien avec lui. L'une et l'autre n'ont même plus en commun l'idée de nation. Il y a la France qui conjecture, qui conceptualise, et puis, tout autour, celle qui peine. À la longue, l'élite prend peur de cette glèbe périphérique. Et la peur l'aveugle. Ces gens-là se félicitaient du niais que je leur semblais, les voilà qui s'offusquent du renard qui se démasque enfin. Je ris, bien à l'abri des nuées tabagiques, je ris.

Ajoutons à ce piteux épisode la veulerie de la Haute Cour. Une farce ! *la Commedia*, des *Arlecchini* et des *Pulcinelle* plein la tribune ! Il aura suffi d'un émissaire de Maupas, et que celui-ci énonce cette vérité préfectorale : « Messieurs, il n'y a plus de Haute Cour de justice », pour que les toques d'hermine requises afin d'enregistrer ma déchéance et prescrire ma mise aux fers se dispersent comme par enchantement !

L'Assemblée, la Haute Cour… quelle piètre résistance des institutions ! Comme si personne, en France, n'y croyait plus, déjà. Cette République est mal aimée, voilà tout. Au fond, la majorité des élus et, au-delà de l'élite censitaire, pas mal de Français derrière eux, ne voulaient pas de la révolution de 1848. La majorité du pays tient la chute de Louis-Philippe pour un fâcheux accident. Le peuple aspirait à la réforme, pas à la révolution. C'est la mollesse du roi, au déclenchement de la contestation, et le détachement obscène de ses fils les plus brillants, Aumale, Joinville, qui, après coup, ont détaché la France de la dynastie. Et encore ! En sommes-nous si sûrs ? Il ne valait pourtant pas grand-chose, le trône. M. Hugo, quoique pair du royaume, avait vu juste, à propos du roi momifié et de son embaumeur de Guizot : « Un gouvernement né de la peur de la guerre, et qui mourra de la peur de la révolution. » Il reste que, installée par une poignée de démocrates, parfois braves et honnêtes, la République ne résiste pas aux ambiguïtés de son avènement. Elle meurt de ses propres contradictions, à commencer par celle de m'avoir élu à sa présidence.

J'ai prêté serment, certes, je n'en demeure pas moins prince, un Napoléon, et à ce seul titre je me sais appelé à jouer un rôle historique : unir la nation, la sauver du régime stérile des partis. Et, voilà qui tombe bien, je n'en suis d'aucun ! Je n'en ai même pas !

Mon idée *napoléonienne* porte loin, elle couvre un champ vaste, mais, je l'avoue, elle n'a longtemps rameuté que le « parti du souvenir », des « demi-soldes », des errants en quête d'expédients, camouflés sous les fumées et les codes de sociétés secrètes, tenez, la charbonnerie, par exemple, que je connais pour y avoir trempé, oh, un orteil, guère plus. Rien de bien structuré, au plan moral comme du point de vue logistique. Cette rosse de Thiers m'a bien appuyé son court index potelé sur ce point d'inflammation : « La France ne vous connaît pas. Votre nomination est ou sera due à la mémoire du nom que vous portez. Mais si ce nom a des avantages pour vous, Prince, il a aussi ses inconvénients. La calomnie s'attache à votre personne. On ne vous accorde pas les grandes qualités d'esprit de votre oncle, et on ne vous rend pas la justice que vous méritez, je n'en doute pas. Il faut trancher le mot : on vous traite d'incapable. » Comment réunir un parti avec cela !

Mais que m'importe, puisque je n'en veux pas. Aux élections législatives, le parti de la rue de Poitiers avait imposé son comité électoral aux quelques figures « bonapartistes » ; pas de comité propre pour mes amis, donc. Ah, bien sûr, Persigny a riposté et, comme toujours, avec excès de fougue. Il a monté une « Société du Dix-Décembre » qui a causé bien du grabuge. Des tape-dur qui cognent sur qui grogne, rien d'autre. Les « décembraillards », comme les épingle Daumier qui en a croqué le type, l'irascible Ratapoil. Ses vignettes m'ont mis en joie. Il reste que Ratapoil en faisait trop. J'ai dû donner des gages et dissoudre, il y a un an, ce ramassis de chahuteurs soudoyés…

Forcément, ils ont beau jeu de stigmatiser mon entourage, les Burgraves en gants beurre frais. Changarnier n'y voit qu'« escrocs et marauds », Tocqueville qu'« aventuriers de bas étage, hommes ou ruinés ou tarés, jeunes débauchés »… Tout cela, c'est pour Persigny, pour Fleury, pour Morny également… Mais d'une tablée de joueurs de whist fait-on un parti ? Sinon, qu'ai-je autour de moi ? Des ralliés, philippistes dans l'expectative ou légitimistes résignés, des transfuges que leurs amis d'hier tiennent pour des renégats… Leur opportunisme désabusé les a placés dans mon sillage. Ils m'emboîtent le pas ; des *marcheurs*, c'est cela, que la première contrariété déviera de mon chemin…

Regardez Rouher, Eugène Rouher, une créature de Morny dont, dans un instant et pour la seconde fois, je vais faire mon garde des Sceaux, eh bien, Rouher fait la mijaurée. Voulant gagner du temps en vue du prochain plébiscite, Morny a fait porter à l'Imprimerie nationale une circulaire destinée aux juges de paix de tout le territoire, un document que, par une bien légitime anticipation, il a signé « Rouher, garde des Sceaux ». Or, voilà que Mocquard m'apporte ce billet destiné au directeur de l'Imprimerie, un ami, lui, par lequel Rouher entend ne pas se salir les mains : « J'apprends par voie indirecte que des documents portant ma signature vous sont transmis pour être envoyés en province. Je suis entièrement étranger à ces actes et vous prie de ne pas y maintenir ma signature. » Voyez-vous cela ? Il sera ministre ce soir ! L'été dernier, il était à Saint-Cloud, à échafauder avec nous les premiers préparatifs du coup ! Ah mais… il entend ne pas se perdre auprès du parti de l'Ordre ! Il y a trop d'amis et, sait-on jamais, si notre affaire échouait…

Et Saint-Arnaud ! Pas plus fiable, au départ, que l'arrière-train d'une ânesse ! Une trouvaille de Fleury, notez, qui n'a cessé de me vanter « son esprit distingué, son intelligence hors ligne, l'énergie aventureuse de son caractère »… L'idée de Fleury a été dès le départ de faire de cet homme neuf, d'aucune obédience clairement affichée, un ministre de la Guerre qui ne fût pas inféodé à la clique des « généraux de l'Assemblée », Cavaignac, Changarnier, Lamoricière, etc. Pour moi, ce pouvait tout aussi bien être un bras armé, sûr et déterminé, au cas où notre affaire nécessiterait la force. Seulement, il n'était que général de brigade, ce qui est fort peu. Quel que fût son emploi, il lui fallait des galons de divisionnaire. La campagne de Petite Kabylie les lui a donnés. Mais à quel prix ! De retour d'Algérie début août, on a sans tarder mis le général au courant d'un coup avant la rentrée parlementaire, courant septembre. Une action qu'il a jugée prématurée, semble-t-il, tout comme Morny. Mais au lieu d'argumenter, ce qu'a fait Morny, il m'a sèchement expédié un billet réclamant que je « lui rende sa parole ». J'ai cru m'étouffer, ce sauteur désertait, ni plus ni moins ! Il *trahissait*. Non sans ménager ses liens avec les Africains de l'Assemblée, ancien subalterne qu'il avait été de l'un ou de l'autre ! Un danger pour ma cause, donc. En la circonstance, Fleury s'est montré admirable. Il a récupéré le *bluffer* par la manchette. Le temps pressait ; je lui accordai sans plus attendre ce qu'il guignait : le maroquin ministériel... et quelques garanties sonnantes et trébuchantes – c'est là son travers de loup efflanqué, il lui faut les poches pleines ; les récriminations de Changarnier à propos du trafic du produit des razzias qu'il nouait avec la brocante et les maquignons indigènes ne sont un secret pour personne...

Même Morny n'est qu'un partisan de fraîche date ! Croyez-vous qu'il se serait vanté de notre lien fraternel avant mon accession à la présidence ? Pas un mot ! Il avait tout misé sur la bonne fortune des Orléans ; il se targuait d'avoir l'oreille de Guizot (un sourd pourtant) ; de pouvoir toucher le roi... Alors, un demi-frère Bonaparte ! Fauteur de troubles, qui plus est, condamné à la forteresse, évadé, exilé... ce ne pouvait que nuire à ses affaires ! Nous nous savions pourtant frères depuis la mort de notre mère au moins, c'est-à-dire depuis 1837 !

Au fond, il n'y a qu'un bonapartiste, c'est Persigny, mais il est fou.

Pour moi, l'affaire est close, mais comme à son habitude, Fleury soupèse, évalue... « Les courriers que nous avons chaque minute nous dépeignent Paris comme très agité et soumis à des influences diverses », dit-il, et, comme pour donner corps à ses propres alarmes, il me lit cette dépêche de Maupas que Mocquard lui tend sans un mot mais tout à propos : « Par Dieu, point d'illusions ! Ne péchons pas par excès de confiance. C'est ainsi que deux monarchies ont succombé. Les Boulevards s'animent, les groupes sont hostiles. Il est de la dernière urgence de déployer la troupe sur toute la ligne… » Sont-ce bien là des propos de Maupas ? Et, si oui, ne s'abuse-t-il pas ? Paris tourne comme une horloge ! Tous les commerces sont ouverts, les ouvriers vaquent à leurs travaux… Les salles de spectacle s'illuminent, même le Théâtre-Français n'entend pas suspendre sa programmation ! Des mouchards ne rapportent-ils pas que l'épouse du préfet, leur fille, ainsi que M. Maupas père s'apprêtent à se rendre au vaudeville ? Non, je crois moi qu'il est temps que je me produise sur les Boulevards. Ma présence parmi les Parisiens scellera le succès. Le jour décline, il faut se hâter.

Comme à son habitude quand je suggère ce genre d'excursion, Fleury s'est mordu les lèvres.

— Ce serait tenter le diable, Monseigneur, et compromettre la situation.

— On ne signale rien du côté des Capucines et des Italiens, que je sache.

— Laissez-moi au moins, je vous prie, reconnaître le parcours jusqu'à la Bastille avec les carabiniers du général de Tartas…

Et voilà que déboule Persigny ! Très échauffé malgré la bruine et le froid. Il est vrai qu'il se dépense en d'incessantes navettes entre le palais et l'Intérieur, entre ce ministère et celui de la Guerre… Il se comporte en chien de berger ; il voudrait encadrer de ses abois mon maigre troupeau. Pour l'heure, il arrive de la préfecture. Maupas réclame à cor et à cri la composition du nouveau gouvernement. Morny tarde à la lui donner ; il vient la quérir à la source. Il est encore trop tôt, à mon grand agacement. On a consulté ces messieurs les ministres, Rouher à la Justice, Fould aux Finances, Turgot aux Affaires étrangères, etc., tous ont donné leur accord, mais individuellement ; il faudrait les réunir en un conseil informel, en vue d'un agrément collectif… Maupas voit juste : la publicité de cette composition pourrait contribuer à apaiser les esprits, encore que je ne détecte aucune fièvre…

Fleury a déguerpi. Il fera bientôt nuit. Inutile de s'entêter. Remettons la revue des Boulevards à demain. Nous fendrons au trot la bise perçante des petits matins. Et de cela aussi, je me réjouis.

Le réveil du poulpe...

> « Mais Paris est un véritable océan. Jetez-y la sonde, vous n'en connaîtrez jamais la profondeur. »
>
> Honoré de Balzac, *Le Père Goriot*

Fleury l'a dit tout net : « La mort du député Baudin fut le brandon qui alluma l'incendie. » Un macchabée annonciateur des calamités, c'est quasi biblique. Et bien commode. L'évidence dispense de conjectures. Mais ce « brandon » brasillait-il au point qu'il puisse déchaîner les feux de l'enfer ?

S'il pouvait tacher la conjuration de son sang, Alphonse Baudin ne pouvait pas, *a priori*, prétendre faire un martyre. Sur le moment, son sacrifice passa parfaitement inaperçu. On le prit tout d'abord pour un autre ; on colporta même, à tort, qu'un second député l'avait accompagné dans la mort. Non seulement ce représentant de l'Ain animé d'un progressisme radical était à peu près ignoré de ses collègues, mais, en outre, l'immolation d'un parlementaire, aurait-il siégé avec la Montagne, ne faisait guère recette auprès de la classe ouvrière.

Au petit matin du 3 décembre, donc, Baudin s'efforçait, en compagnie de Victor Schœlcher et de quelques autres élus, d'animer l'ardeur des premiers barricadiers du faubourg Saint-Antoine. On renverse un omnibus et des charrettes à bras au coin des rues Sainte-Marguerite et de Cotte, rien qui résisterait à un pet de mule, on s'empare sans coup férir des armes d'un dépôt faiblement gardé, quinze fusils tout au plus, puis on harangue, on s'enhardit, quand surgit la troupe. Schœlcher s'avance avec l'espoir de lui faire mettre la crosse en l'air, en vain. On le bouscule. Les soldats prennent position dans un vacarme de brodequins cloutés ; quelque peu impressionnés, des ouvriers en blouse lâchent leur fusil ; Baudin, qui, lui, est resté sur la barricade, voudrait les retenir. Il les interpelle. Allongeant le bras, il en saisit un par le col. Le bonhomme se retourne et, se libérant de la poigne qui le retient, lui balance : « Croyez-vous qu'on va se faire tuer pour vous conserver vos vingt-cinq francs ? » Interloqué, le député se campe solidement sur son perchoir, entre deux panières à linge et une roue de charrette. A-t-il véritablement répondu : « Eh bien, voyez comment on meurt pour vingt-cinq francs » ? Sans doute pas et peu importe, après tout. Il doit être un peu plus de neuf heures : à une salve de sommation, en l'air, répondent depuis la barricade quelques coups de feu ajustés ; un soldat tombe ; la ligne riposte et, cette fois, c'est Baudin qui succombe.

Toute trace de l'échauffourée fut promptement effacée. La barricade fut démontée, ses défenseurs dispersés sans plus de victime, et Maupas, aussitôt averti, fit des prodiges pour que le député martyr fût inhumé sans tarder : il était hors de question que sa dépouille fût exhibée en ville comme preuve de la félonie du président parjure. Chacun gardait en mémoire les cadavres de février 1848, jetés en travers de chariots à fourrage et promenés sur les Boulevards à la lueur des torches ; la balade macabre avait ce soir-là mué la révolte en révolution : Louis-Philippe en avait glissé de son trône...

Son corps encore tiède, donc, Baudin fut inhumé au cimetière Sainte-Marguerite, non sans avoir bénéficié d'un service funèbre dont il n'aurait eu que faire, célébré en catimini à Notre-Dame-de-Bonne-Nouvelle. Tout fut si bien plié que le jeune Léopold Le Hon se crut autorisé à expédier ce billet à Morny : « On a tué M. Baudin, représentant. Ça a beaucoup refroidi. »

De manière assez surprenante, ce mort, pas forcément si bravache, resterait pour la postérité la première victime du coup, le premier sang versé. Son effronterie – ou sa légèreté – ne rachetait certes pas la débandade des institutions légales. Elle n'en rouvrait pas moins la plaie encore toute fraîche de l'insurrection ouvrière de juin 1848.

Si Baudin s'était fait tuer – bêtement – sur une barricade, c'est qu'il y en avait. Et beaucoup déjà. Et partout. Il s'en montait dès l'aube du 3 dans l'est et le centre de Paris. À six heures quarante-cinq, on en signalait en construction dans les rues Saint-Denis, Saint-Martin, Rambuteau... Deux heures plus tard, d'autres fleuriraient si près de la préfecture que Maupas ferait investir la salle des pas perdus du palais de justice par... les gardes républicains.

La colère couvait depuis de nombreuses heures déjà. Elle se palpait. La veille au soir, lors de sa reconnaissance des Boulevards au train des carabiniers de Tartas, Fleury avait essuyé un coup de feu qui l'avait sérieusement blessé à la tête. Il avait été ramené à l'Élysée, son bel uniforme tout ensanglanté. Le médecin personnel du président l'avait soigné dans un salon de service, à mi-chemin entre le cabinet de travail et le boudoir d'argent. Louis Napoléon avait paru, s'exclamant : « Pauvre Fleury, comme ils vous ont arrangé ! » L'économie de compassion masquait mal la douche froide. L'avertissement, car c'en était un, ne suscita pas plus de réaction de la part du prince-président. On ne le vit plus guère de la soirée. Une fois officialisée la composition du gouvernement – Maupas la reçut vers neuf heures, avec mission de la faire imprimer instamment, afin qu'on l'affiche dans tout Paris –, il s'éclipserait très probablement chez miss Howard qui occupait, c'était bien commode, un petit hôtel tout proche, 14, rue du Cirque…

Tout l'après-midi du 2, après qu'on eut paradé, après qu'on eut humilié – et momentanément coffré – le parti de l'Ordre, quelques représentants réchappés du coup de filet, parmi lesquels pas mal de représentants de la Montagne, avaient tenté d'organiser la contre-offensive. Ils avaient couru de protecteur en collègue moins menacé, se réunissant chez l'un, chez l'autre, parfois dans de petites salles publiques, avec sur leurs traces, toujours, les espions de Maupas. La gauche républicaine éprouvait bien des difficultés à s'entendre sur un mode d'action. De ces résistants, Victor Hugo avait d'autorité pris l'étendard. Cependant, ses exhortations au combat, chez la baronne Coppens, notamment, rue Blanche, ne déclenchaient pas l'impulsion tant espérée. On s'était néanmoins entendu, vers le milieu de l'après-midi, sur une proclamation que concluait un appel aux armes. Hugo l'avait improvisée en ces termes :

> *Le peuple, désormais, qui est à jamais en possession du suffrage universel, et qui n'a besoin d'aucun prince pour le lui rendre, saura châtier le rebelle. Que le peuple fasse son devoir. Les représentants républicains marchent à sa tête…*

Des mots cette fois plutôt mal inspirés, et doublement, puisqu'en ce jour invoquer le suffrage universel ce n'était que se raccrocher au wagon des conjurés, et puisqu'en appeler au peuple c'était à peu de chose près crier dans le désert, celui-ci n'ayant manifesté guère de réprobation, jugeant l'affaire inéluctable et plutôt bien troussée.

Des réfractaires au-dessus de tout soupçon ne se priveraient pas de refroidir les ardeurs brouillonnes du poète, notamment le théoricien fort écouté d'un socialisme libertaire, un ami du scandaleux Courbet, Pierre-Joseph Proudhon, qui, le croisant au milieu de pérégrinations crépusculaires, lui asséneraít ce jugement sans appel : « Je viens vous avertir en ami. Vous vous faites des illusions. Le peuple est mis dedans, il ne bougera pas. Bonaparte l'emportera. Cette bêtise-là, la restitution du suffrage universel, attrape les niais. Bonaparte passe pour socialiste. Il a pour lui la force, les canons, l'erreur du peuple et les sottises de l'Assemblée. [...] Vous êtes honnête et il a sur vous l'avantage qu'il est un coquin. Vous avez des scrupules et il a sur vous l'avantage qu'il n'en a pas. Cessez de résister, croyez-moi, la situation est sans ressource. »

La proclamation griffonnée rue Blanche n'en serait pas moins placardée, aussitôt arrachée par des malveillants autant que pas les sbires de la préfecture de police. En ce 2 décembre, rien ne bougeait décidément.

Comme Victor Hugo, une centaine de députés de gauche, dont Schœlcher, Baudin ou Edgar Quinet, avait erré à la nuit tombée en quête, toujours, d'un lieu qui eût abrité leurs délibérations. On s'était parfois cassé le bec contre les agents de Maupas, ceux-ci ayant investi l'adresse désignée avant même qu'on s'y présentât. Les condés, plus que l'armée, tenaient la ville. Il en sortait de partout, comme les anguilles du crâne d'un âne mort. Hugo se sentait activement recherché. On l'en avertissait à voix basse. Admirable maîtresse, Juliette Drouet lui dégoterait des planques où trouver le sommeil, le guiderait à travers les rets lancés – ou pas – par les reîtres du préfet Maupas. Le poète avait ainsi rejoint un fort parti de représentants indignés, rue de Charonne. On avait jacassé, spéculé, cancané sans autre résultat que le vibrant serment de tenir, dès l'aube du lendemain, une énième assemblée dans une salle de spectacle du faubourg Saint-Antoine. De toute manière, les débats avaient été perturbés par l'irruption du prince Napoléon-Jérôme. Il avait beau professer un gauchisme hargneux, on tenait ce Bonaparte-là pour un renégat. Hugo avait même refusé, oh très poliment, la proposition que lui avait faite le « prince rouge » de l'héberger chez lui, rue d'Alger (« Il n'y a peut-être qu'une maison dans Paris où vous serez en sûreté, c'est la mienne »). L'intrusion électrisait l'atmosphère. Sur un signe, on s'était dispersé. Tout restait à faire.

De Pigalle, de Charonne, on avait reflué vers les berges du canal Saint-Martin, quai de Jemmapes, fort loin des nobles faubourgs et des simagrées pseudo-républicaines des Burgraves. Là, on avait renouvelé le « serment de Charonne ». Et, parce que l'on demeurait parlementaire avant tout, on avait créé un « comité » fumeux, que Hugo intitula incontinent « de résistance », ce qui sied aussi bien au plat fumant, coq ou dindon, d'un déjeuner dominical. À l'aube du lendemain, cependant, aux portes de la salle Roysin, seuls une quinzaine de « résistants » s'étaient cru tenus par l'engagement solennel de la veille ; Hugo lui-même ne s'y présenterait qu'avec une ou deux heures de retard, littéralement « après la bataille »...

Ç'avait été cette indécision sourde, ce découragement croissant qui avaient décidé les plus hardis à soulever le faubourg Saint-Antoine en ce matin humide et glacial du 3 décembre. L'improvisation rageuse donnait le ton : tout le temps que dura le jour, ce ne furent qu'initiatives spontanées, peu ou mal coordonnées.

La première poussée ne constitua qu'une menace négligeable. Le plus souvent, la troupe n'eut à bousculer que des barrages sommaires, faiblement défendus ; elle ne déploya dans la besogne ni hargne ni sauvagerie. Oh, certes ! Il y eut des blessés, et de part et d'autre, mais, depuis les Trois Glorieuses et la chute de Charles X, en 1830, il ne se passait pas deux ans sans que du sang d'émeutier rigole entre les pavés. Fait notable de ce lever de rideau, on fit des prisonniers, que l'on emmena sans trop les molester. Il est vrai que ces hommes, pas toujours armés, n'avaient guère causé de dommages.

On ignorait tout des morts du faubourg Saint-Antoine. C'était à croire qu'on jouait la colère en comédiens de rue. Le ressentiment, loin d'être populaire, en restait à cet état d'amateurisme insurrectionnel qui désespérait tant Auguste Blanqui, l'éternel « enfermé » ; amateurisme funeste auquel il tenterait de parer d'ici quelques années par la publication d'*Instructions pour une prise d'armes*, véritable petit manuel du parfait barricadier. Ce qu'y décrirait Blanqui en guise d'avertissement préliminaire n'est que le fruit de ce qu'on lui avait rapporté des premières journées de décembre – de ces journées, l'insurgé professionnel ne percevrait qu'un lointain écho : il moisissait alors derrière les murs de la citadelle de Belle-Île-en-Mer…

Oui, on n'éleva ce matin-là que des passoires. S'entassèrent à la légère des lits d'enfant, des chariots de laitier, des brouettes de gare, des chaises paillées, le fatras le mieux élaboré s'appuyant crânement sur un fiacre renversé. Mais pas un pavé de déchaussé ni de sacs emplis de gravats, nul tonneau bondé de terre ou sable. La barricade, pourtant, c'était par excellence le mode d'expression du Parisien en colère. L'expertise poussait loin ses racines, remontant à un matin de mai 1588 tout de même, lorsque la foule avait barré le passage aux soldats du roi, au moyen de barriques pleines de terre. Là gisait le sens du mot magique

« barriquade ». Mais, en ce 3 décembre, il semblait que deux siècles et demi de savoir-faire se perdaient. On n'érigeait pas, on bazardait. On ne se soucia pas plus de l'approvisionnement ou des échappatoires. On ne blinda pas les fenêtres des hautes maisons environnantes, depuis lesquelles on accablerait la troupe sous une avalanche de meubles, de tuiles ou tout simplement d'immondices…

Oui, ces passoires, on les défendit mollement. Un drapeau coiffait leur échafaudage branlant quand seulement l'on s'avisait des moyens de les défendre. N'ayant rien en main, on se grattait la tête : quel était l'arsenal, en effet ? Alors on s'égaillait en quête de fusils, laissant la redoute dégarnie. On fouillait chez le bourgeois réputé chasseur, on s'en prenait au petit bonheur la chance aux magasins spécialisés, c'est ainsi que le prestigieux armurier Lepage fut dévalisé. Faute d'escopette, on se serait contenté d'un hachereau, voire d'un trident à foin. La peur n'existait pas : on défendait ses pénates, sa ruelle, mais cela sans vision d'ensemble ni la moindre idée de *stratégie*. Aussi, lorsqu'on partait se munir d'armes ou de poudre, faisait-on halte à l'estaminet du coin, histoire de s'informer ou, tout simplement, d'encourager les voisins. On levait le coude quand il eût fallu lever les masses. Neuf fois sur dix, ce matin-là, la troupe en s'avançant découvrit l'obstacle dépourvu de servants. Et quand, s'y croyant obligée, elle faisait feu, le rempart présentait un front si ajouré et si friable que ceux qu'il était censé protéger s'en trouvaient culbutés comme des lapereaux tirés en plaine rase. Alors, tandis qu'un détachement courait aux maisons sur les talons des fuyards, l'autre libérait la chaussée sur un air de dégagez-moi-ça sans plus d'éclat ni de souffle qu'un esclandre de poissonnières.

Il bruinait ; à dix heures le jour montrait toujours quelque répugnance à se lever. Le pavé luisait sous les pas d'un faible éclat, glauque véritablement, et quand on levait le nez, on distinguait à peine les façades grises du ciel qui les accablait. La ville flottait en ce mélange incolore d'indifférence et de colère. Il semblait en effet que, pour se battre ici, les Parisiens n'en poursuivaient pas moins là-bas leur existence routinière. Ça pétaradait sur une placette, mais dans les rues voisines on poursuivait ses emplettes. Les bonnes gens se prévenaient benoîtement : « Évitez la rue Truc, ma bonne dame ! Ça chahute place Machin… »

À la mi-journée, les conjurés pouvaient encore espérer un coup d'État sans rivière de sang. Hübner, ambassadeur des Habsbourg à Paris, résumait le flottement avec une malice perverse : « C'est l'absence d'un ennemi qui rend la situation de l'Élysée plutôt *awkward**… »

Le vieux cœur palpitait, néanmoins.

C'était comme si, du fond d'un océan, l'encéphale de la pieuvre avait frémi, avant que ne se déroulent les bras puissants dont on ne se défait pas. Oui, Paris déjà semblait cette pieuvre. Elle lançait des tentacules au-delà d'elle-même. Au large de ses barrières d'octroi, elle crevait maintenant l'enceinte bastionnée de Thiers, érigée en pleine campagne dix ans tout juste auparavant.

* « Inconfortable », « malaisée ».

En deçà de ces murs, la commune de Belleville comptait cinquante mille habitants ; au-delà, le bourg sacré de Saint-Denis, hier encore peuplé de maraîchers, en dénombrait autant. La ville s'étalait, mais en son centre, des poches demeuraient noires d'encre. Et c'était de ce giron caverneux que résonnait l'alarme.

L'inflammation se fixait progressivement sur un vaste trapèze délimité au sud par la rue Saint-Honoré, au couchant par la rue Montmartre, au nord par les Boulevards et au levant par la rue du Temple. C'était la part la plus congestionnée du monstre. Pas son cœur battant, non, mais un bubon. Les prémices du chantier des Halles y pratiquaient de premières incisions, certes, et la rue Rambuteau toute neuve lui faisait un séton, mais cette région-là conservait l'aspect d'un cloaque. L'eau claire s'y faisait rare. Et cette eau ne courait pas. Il fallait la puiser à des nappes résurgentes, corrompues par vingt siècles de chiure sédimentée, ou s'en remettre au porteur d'eau, escogriffe égrillard, dont les frasques amusaient la ville, mais dont les épaules ne suffisaient pas à l'hygiène de ses habitants : il ne portait jamais que deux seaux de vingt litres aux extrémités de sa perche. La lumière se montrait plus chiche encore. Depuis le chevet tronqué de Saint-Germain-l'Auxerrois jusqu'à l'Hôtel de Ville, les chaussées se frayaient un passage entre des pignons médiévaux hauts de cinq, six, parfois sept étages. Leurs encorbellements se tutoyaient à l'appui des faîtages, si bien que, accoudé à sa fenêtre, le locataire du dernier pouvait serrer la main du voisin d'en face. Ces falaises de bois et de torchis grinçaient sous un méchant badigeon de plâtre lépreux. Le soleil n'en séchait jamais les véroles ; les gouttières y dégorgeaient un jus noir. Cette pénombre persistante livrait le quartier des Arcis aux commerces les plus lamentables ; ce n'était qu'un lupanar surpeuplé, soumis à l'empire conjugué du miasme et de la pègre. Ceux de ses habitants que la dysenterie n'emportait pas prenaient un jour ou l'autre le mauvais coup – de surin, de massue, de planche cloutée – qui les affranchiraient *ad æternam* de leur détresse. Le quartier Sainte-Avoye ou celui des Lombards ne valaient guère mieux. Là comme aux Arcis sinuaient des boyaux auxquels n'accédaient que les charrettes à bras. Jamais un fiacre, encore moins d'omnibus. Alors les pompes à incendie, les ambulances de l'Hôtel-Dieu, pensez ! Les services municipaux, du sergent de ville au cureur de latrines, ne s'y aventuraient pas davantage. Il semblait que l'air lui-même n'y pénétrait plus.

Comme au seuil de n'importe quel ghetto, racial, confessionnel, la légalité stoppait aussi net au pied des taudis qu'un chat devant une flaque d'eau. Un peuple dans le peuple s'agglomérait autour de coutumes qu'ignoraient les codes et les jurisconsultes. Comment aurait-il pu en être autrement ? On vivait ici la République sans jamais en rencontrer un agent. On en fantasmait peut-être les bienfaits, on ne les espérait pas. La République elle-même portait caché sous ses jupes cet infamant abcès. Elle en débattait, certes, s'en tamponnait les paupières de compassion, mais elle tardait à concéder les crédits qu'il fallait au remède. Phénomène relativement neuf, le prolétariat urbain plongeait la France d'hier dans une perplexité tétanisante. Comme toute irruption étrangère à un corps social stabilisé, ou présumé tel, cette *communauté* laissée sans perspectives, cette classe décrétée « dangereuse » soulevait plus d'incompréhension que de sollicitude. Son désespoir bruyant alimentait les peurs. N'opposait-on pas aux promoteurs des grands travaux d'assainissement de Paris, unanimement jugés nécessaires par la représentation nationale, que leur mise en œuvre n'aurait pour premier effet qu'un afflux d'ouvriers de province ? Et que de concentrer par milliers ces plâtriers, barbouilleurs et mouluriers, ces maçons, pavementeurs et morteliers, c'était convoquer, là, aux portes du pouvoir, dans le terreau désigné des insurrections, davantage d'émeutiers en puissance ? Ne préconisait-on pas, depuis les bancs de l'hémicycle, une politique de petits pas, chantier bien circonscrit après chantier bien circonscrit, alors qu'une masse besogneuse s'abîmait déjà dans la fange ? Ces précautions de couards, le prince-président s'était juré de les culbuter une fois conquis les pleins pouvoirs. S'il devait tenir une seule promesse, ce serait celle-là.

Car une population digne se maintenait comme par miracle en ce cœur flétri, composée d'ouvrières en chambre, de journaliers, de petits artisans… Ces familles vertueuses nichaient dans d'innommables garnis que des logeurs sans honneur leur louaient au prix fort. C'est en leur nom que Victor Hugo avait jeté là les premiers fragments de ce qui deviendrait *Les Misérables*. Et c'est pour leur salut que des médecins consentaient dans une solitude de pionniers à se risquer dans les parages. Leurs témoignages surpassent la verve des feuilletonistes, évoquant, comme sous l'effet d'un philtre hallucinogène, un entassement dégradant, indifférent aux âges, au sexe, un corps à corps, presque, que la quête de subsistances seule parvenait à dénouer aux heures les plus claires du jour. « Je trouvais vingt-trois individus, hommes et enfants, couchés pêle-mêle sur cinq lits. L'air de cette chambre était tellement infect que je fus pris de nausées. La chandelle qui m'éclairait faillit s'éteindre. Les souliers et les vêtements de ces individus exhalaient une odeur aigre, insupportable, qui dominait les autres exhalaisons », avait écrit l'un d'eux. Comment s'étonner, après cela, que Victor Hugo, Eugène Sue ou, plus tard, Zola se soient nourris des rapports d'hygiénistes et de médecins, toujours plus nombreux, toujours plus poignants ? Leurs cris d'alarme parvenaient jusqu'à l'Assemblée. Dès 1832, en pleine pandémie de choléra, le député fouriériste Alexandre Baudet-Dulary s'en était étranglé d'effroi : « J'ai vu des femmes expirant sur des paillasses, sans un drap, sans couverture, entourées d'enfants faméliques ; oui, j'ai vu des enfants sucer avidement les mamelles vides et flétries de mères moribondes ; déjà glacées, elles s'efforçaient de les réchauffer seules, sans aide, sans secours pour elles-mêmes… » De semblables discours, Hugo et Sue, tous deux députés, en entendraient d'autres dans l'hémicycle…

C'était en ce ventre creux que, au matin du 3, bouillonnaient les humeurs. À l'étouffée, pour l'heure. Mais qu'un pétard éclatât, et ce serait le formidable embrasement. Des députés de la gauche républicaine avaient fait afficher là leur mot d'ordre. D'autres, comme Hugo, toujours flanqué de son impavide Juliette, couraient de tribune en rendez-vous incertain, filant en fiacre sur les Boulevards plutôt qu'à pied dans les rues étroites… Le feu qui couvait était-il pour autant l'œuvre de cet activisme ? Les démocrates socialistes tenaient-ils vraiment leurs légions de bras nus ? Les uns et les autres s'étaient dépensés en réunions improvisées, leurs comités, parfois ignorants les uns des autres, devant se déplacer sans cesse pour échapper aux dénonciations. Ces pérégrinations clandestines les tenaient loin du peuple. C'est à peine si celui-ci les écoutait. Schœlcher s'en lamentait : « On nous saluait des portes et des fenêtres, on agitait des casquettes et des chapeaux, on répétait avec nous "Vive la République !" mais rien de plus. Il fallut bien nous avouer que le peuple ne voulait pas remuer ; son parti était pris. » C'est dire l'influence des députés. Leurs proclamations et leurs mots d'ordre ne trouvèrent peut-être d'écho que sur les pentes du Quartier latin où des chahuts se signalèrent dès la fin de la matinée, sans inquiéter vraiment, ces monômes n'impliquant que de jeunes pousses bien policées, gants-jaunes et petits-crevés, à qui ces mots, « République », « Liberté », faisaient des étendards philosophiques, qu'il serait commode de replier au premier coup tiré. Le peuple, lui, ne se reconnaissait pas en ces bannières. Au fond, il n'était pas question pour lui de sauver la République. Il l'abhorrait. Elle leur avait été confisquée par la réaction bourgeoise. Au fol espoir suscité par le gouvernement provisoire n'avaient succédé que désillusions et massacres.

En février 1848, trois journées indécises avaient, contre toute attente, jeté le vieux roi Louis-Philippe à bas de son trône. Passé la surprise, ce qui avait frappé les esprits, c'était « le caractère, je ne dirais pas principalement, mais uniquement et exclusivement populaire de la révolution qui venait de s'accomplir ». Et, évoquant la peur, la « terreur » qu'avait répandue cette défaite manifeste de l'ordre bourgeois, Tocqueville concluait : « Je pense qu'on ne saurait la comparer qu'à celle que devaient éprouver les cités civilisées du monde romain quand elles se voyaient tout à coup au pouvoir des Vandales ou des Goths. » Le recours au fantasme des âges farouches serait une constante au milieu des troubles à venir ; on en invoquerait encore la barbarie au lendemain du coup, à propos des soulèvements en province. L'attitude des foules, alors, elles-mêmes tellement ébahies de leur succès, n'aurait pourtant pas affolé une harde de biches. Le vieux comte Apponyi n'avait pu que se rendre à cette évidence : « Le repos est parfait et l'ordre admirable ; jusqu'à présent nous avons la plus douce, la plus aimable république qu'on ait jamais eue. »

Le programme seul pouvait inquiéter.

Afin d'occuper les chômeurs et de leur fournir des ressources, le gouvernement provisoire avait, dès le 28 février, instauré des « ateliers nationaux ». Imaginé comme une bourse de travail subventionnée par l'État, ces ateliers, ces chantiers portaient en eux tous les vices d'une charité mal ordonnée : faute de mieux, le maître ferronnier s'y voyait contraint de gâcher du mortier, et le doreur sur bois de rouler des brouettes de caillasse. Quant au brassier sans qualification, il touchait parfois ses deux francs quotidiens à poireauter les fesses dans le tas de sable. Le 21 juin suivant, le comte de Falloux, légitimiste des plus aimables, proposait à la

Chambre la fermeture pure et simple des ateliers ; le lendemain, des cortèges de chômeurs avaient déferlé le poing levé ; le surlendemain, c'étaient les barricades qui occupaient le pavé. Non content d'avoir condamné les ateliers à la tribune de la Chambre, Victor Hugo s'était joint aux soixante commissaires parlementaires chargés d'organiser le retour à l'ordre ; alors maire du VIIIe arrondissement, il avait même commandé le feu devant les barricades érigées dans sa circonscription… Le général Cavaignac, un républicain convaincu pourtant, avait parfait la sale besogne… On a dit le bilan de la répression : pas moins de cinq mille cinq cents morts parmi les insurgés, sans compter les détentions à Belle-Île ni les déportations à Cayenne ou dans une poêle à frire du Sud algérois.

Hugo l'humaniste avait appuyé de son talent d'orateur la suppression des ateliers, il avait pris part à l'écrasement du soulèvement ouvrier… L'ancien pair de France n'en poursuivait pas moins de droite à gauche sa giration lente et réfléchie. Aussi remonterait-il à la tribune onze mois après le massacre pour y prononcer son mémorable discours sur « l'abolition de la misère » – intervention qu'il aurait pu assortir d'un tribut à Baudet-Dulary (« Il y a […] des cloaques, où des familles […] entières vivent pêle-mêle […], n'ayant pour lits, n'ayant pour couvertures, j'ai presque dit pour vêtements, que des monceaux infects de chiffons en fermentation, ramassés dans la fange du coin des bornes, espèce de fumier des villes, où des créatures humaines s'enfouissent toutes vivantes pour échapper au froid de l'hiver »). C'était vrai. C'était beau. Mais, tout de même, le plaidoyer tonnait à faux : l'après-midi même, le général Changarnier avait énergiquement dispersé une manifestation de la gauche « partageuse ». Outre sept tués, des députés démoc-socs avaient été arrêtés, leurs soutiens pourchassés, la plupart emprisonnés. Non seulement la Montagne s'en trouvait décapitée, mais le peuple, le peuple pour qui l'on brodait au perchoir, ne bougerait plus une oreille de sitôt.

Et s'il n'y avait eu que cela !

Généreuse fille du miracle, la République du premier printemps avait d'emblée accordé le suffrage universel aux Français (mais pas aux Françaises). C'en était fini de ce scrutin censitaire qui n'ouvrait ses urnes qu'aux citoyens s'acquittant d'un seuil minimal d'imposition (le cens). Quelques centaines de milliers d'électeurs privilégiés s'étaient trouvés dilués d'un coup dans un pays légal porté à dix millions d'électeurs. Paradoxalement, les démocrates-socialistes se méfiaient du suffrage universel : ils craignaient qu'il n'accouche d'une majorité modérée, aux ordres de la bourgeoisie, doutes aussitôt confirmés par la composition de l'Assemblée constituante. À cet instant déjà, l'envie de tout casser les avait saisis. Ils avaient appelé le peuple à envahir le Palais-Bourbon, puis l'Hôtel de Ville ; les meneurs avaient été sévèrement jugés, dont Blanqui, aussitôt expédié à Belle-Île. La Constituante passa. Une assemblée législative prit sa place, dont les partisans d'une république sociale occupaient le tiers des sièges. Certes, le parti de l'Ordre détenait la majorité, et de loin, mais pour la Montagne, le score était inespéré après tant de coups encaissés. Et cela d'autant plus qu'elle s'était trouvée renforcée au gré de scrutins partiels. Les Burgraves n'en dormaient plus de la nuit. Le suffrage universel les avait portés au pouvoir ; voilà qu'il menaçait de les en chasser ! Voilà que son inconstance leur tordait l'estomac ! Eux s'entendirent pour lui tordre le cou. Fut donc proposé à la tribune qu'on assujettît le droit de vote à la justification d'un domicile fixe. Serait ainsi écartée des urnes une foule d'ouvriers itinérants, de colporteurs et de vagabonds. Adolphe Thiers s'était fendu là d'une péroraison torrentielle dont la peur grossissait les bouillonnements féroces. Faisant allusion aux exclus du corps électoral, l'incorrigible phraseur délivrerait cette pensée éternelle :

> *Il faut tout faire pour le pauvre ; mais, j'ose le dire à la tribune, il faut tout faire, excepté cependant de lui donner à décider les grandes questions où s'agitent le sort et l'avenir du pays. […] Maintenant, ces hommes que nous avons exclus, sont-ce les pauvres ? Non. Ce n'est pas le pauvre, c'est le vagabond, qui souvent, par des moyens licites ou illicites, gagne des salaires considérables, mais qui ne vit pas dans un domicile lui appartenant ; qui se hâte, quand il est sorti de l'atelier, d'aller au cabaret. […] Ce sont ces hommes qui méritent ce titre, l'un des plus flétris de l'histoire, entendez-vous ? le titre de multitude. Les vrais républicains redoutent la multitude, la vile multitude, qui a perdu toutes les républiques. C'est cette multitude qui a livré à César la liberté de Rome pour du pain et les spectacles du cirque. C'est cette vile multitude qui a égorgé Bailly* ; qui, après avoir égorgé Bailly, a applaudi au supplice, qui n'était qu'un*

* Jean Sylvain Bailly, astronome et mathématicien, proclamé maire de Paris le 15 juillet 1789 ; il meurt en victime de la Terreur, guillotiné le 12 novembre 1793.

abominable assassinat, des Girondins ; qui a applaudi ensuite au supplice mérité de Robespierre ; qui applaudirait au vôtre, au nôtre.

Une semaine plus tard, le 31 mai 1850, la loi de restriction du suffrage universel était votée par 483 voix contre 241, amputant de son tiers la masse des électeurs. Le prince-président s'était gardé de prendre part aux débats. Lui qui se prévalait à la première occasion d'un socle électoral populaire – à la présidentielle, il avait raflé les 74 % des 7 542 936 suffrages exprimés – déroutait maintenant par son silence ses plus fermes partisans. À son amie d'enfance et fidèle soutien des années de détention, Hortense Cornu, qui lui reprochait son attitude ambiguë, Louis Napoléon avait répondu :

— Vous n'y entendez rien ; je perds l'Assemblée.

— Vous périrez avec elle.

— Pas du tout. Quand l'Assemblée sera au-dessus du précipice, je couperai la corde.

C'était calculer juste. Le peuple, lui, ne calculait pas. Ou plutôt si, et le compte était vite fait. À l'exception des trois premiers mois, tout le temps qu'elle avait duré, la République s'était appliquée à lui voler sa dignité. Elle l'avait privé de travail ; elle l'avait sabré, fusillé, canonné ; elle avait rogné sa citoyenneté... La fermeture des clubs à tout propos – les Burgraves n'y voyaient, avec raison, que foyers d'agitation – le privait de ses tribunes familières. Cette autre brimade l'avait plus marqué que l'instauration de sévères entraves à la liberté de la presse : il ne la lisait pas. Quant à la loi portée par le comte de Falloux, livrant l'enseignement public secondaire au contrôle des ministres des différents cultes, elle ne l'avait pas plus touché : il ne fréquentait jamais que la communale.

Le peuple, ce matin-là, ne s'ébrouait pas pour le salut de la République. Ce régime, il le vivait comme on endure la compagnie d'un dépressif qui ne cesse d'attenter à ses jours. Non, il ne se dressait pas pour elle, mais pour laver sa honte d'avoir été berné. Il barrait les rues et campait aux carrefours parce qu'il vivait sous la menace de la faim, pire, parce qu'il désespérait de vivre décemment de son travail. Il rouvrait « la guerre servile » que Tocqueville avait entrevue dans la tuerie de juin 1848. Depuis cette hécatombe, la blouse de gros drap faisait leur uniforme aux levées de la misère, comme jadis le bonnet rouge avait rallié les Bretons dressés contre la fiscalité du Roi-Soleil, comme longtemps, très longtemps après, il le ferait d'autres Français accablés par l'impôt, avant que plus tard encore l'on troque ce bonnet contre un gilet, et son rouge sang contre une couleur de hasard, signe des désillusions inconsolables.

Le régime importait peu. La solution ne tenait pas à sa nature, mais à la prise en compte d'un désastre social et au refus de s'en accommoder.

Aux infinis discours de l'Assemblée, percutants quoique dévoyés, le prince-président avait longtemps opposé un silence de sphinx. S'il inquiétait, ce mutisme n'étonnait plus. L'homme s'y complaisait au risque de passer pour un empoté, voire pour un crétin – Changarnier le traitait volontiers de « con ».

Tocqueville lui-même en éprouvait de la gêne : « Les paroles qu'on lui adressait étaient comme des pierres qu'on jette dans un puits ; on en entendait le bruit mais on ne savait ce qu'elles devenaient. »

Parce qu'elles claquent des bulles de silence, les carpes n'auraient-elles rien à dire ? Une tournée présidentielle relativement tardive à travers tout le pays avait, discours après discours, dessiné un programme et révélé un prince grisé de cet espoir héroïque et suffocant de triompher du mal. « Quoi qu'il en coûte », pensait-il en prince libre de toute entrave.

Dans le salon de Cléopâtre, que hantait de jour comme de nuit l'ombre de Mocquard, le sphinx suivait dans la fièvre l'évolution de l'affaire. Il lisait les communiqués des uns et des autres, des uns *aux* autres ; il écoutait les rapports de Persigny qui, inlassable, poursuivait ses navettes… Lui-même signalait à Maupas des rassemblements hostiles, parfois non loin de l'Élysée, place des Pyramides, par exemple. Tandis que l'on traquait les derniers parlementaires présentant une menace, tandis qu'on balayait de premières barricades jugées insignifiantes, il restait cramponné à l'objectif d'un coup d'État sans carnage. Il espérait encore, et, peu avant la mi-journée, une dépêche du préfet de police adressée à Saint-Arnaud avait raffermi sa confiance :

« Le déploiement des forces a fait merveille, toutes les barricades ont été enlevées. Le faubourg Saint-Antoine est à peu près dégagé. L'énergie de la répression a jeté la consternation dans nos ennemis. »

La conjuration progressait sans grand dommage, oui, mais cette deuxième matinée sous contrôle, ou presque, n'épargnait pas d'amères contrariétés au maître du jeu. À une heure moins dix, en effet, Maupas lui avait directement adressé ces appréciations mitigées :

« Nous trouverons chez nos ennemis, quand ils seront remis de leur premier échec, le courage du désespoir. Je ne crois pas que les sympathies populaires soient avec nous. Nous ne trouvons d'enthousiasme nulle part, ceux qui nous approuvent sont tièdes, ceux qui nous combattent sont d'un acharnement inexprimable. »

Cela lui semblait un peu fort, les « sympathies populaires » qui se dérobaient sous ses pieds ! De tous les dirigeants du pays, du « royaume anonyme », devrait-on dire, il était peut-être le seul, lui, à avoir des sympathies pour le populo. Thiers, ce paon roué, ne se répandait-il pas ainsi en ville : « Le prince est plein de socialisme et de mauvais français » ? L'intéressé en ricanait… tout en acquiesçant. Pour ce qui est du français, ce n'était pas faux, quoique, quand Tom Pouce le martyrisait de ses accents pincés, lui pouvait s'exprimer en italien, en allemand, en anglais… Quant au socialisme, là, Tom Pouce tapait dans le mille. Louis Napoléon n'avait rien renié de cette *Extinction du paupérisme* qu'il avait écrite pendant sa détention au fort de Ham. Ce n'était qu'un opuscule, mais la pincée d'idéalisme que saupoudraient sa soixantaine de pages voletait toujours dans les esprits, sept ans après sa publication. Son saint-simonisme sentimental avait abusé et abusait toujours une progressiste comme George Sand. Appelant de ses vœux de profondes réformes sociales, la romancière solliciterait « après coup » plusieurs entrevues, dont elle conserverait ce faible espoir : « Il m'a parlé assez longuement et avec assez d'abandon pour que j'aie vu en lui certains bons instincts et des tendances vers un but qui serait le nôtre. »

Il est vrai que, tandis que la République tirait sur ses enfants, tandis qu'elle courait à son trépas, le prince avait su ménager sa popularité. Il avait marqué sa connivence pour ces mères, ces épouses et ces sœurs qui, par milliers, avaient défilé dans Paris, afin que soient amnistiés les insurgés de Juin ; il pousserait même jusqu'à appuyer l'idée d'une loi d'amnistie. Il avait surtout démontré sa sollicitude tout au long de l'épidémie de choléra.

À peine venait-il d'être élu que le choléra s'était propagé dans les départements du Nord. Comme en 1832, année de sa première apparition, il s'était fait un régal des grandes agglomérations industrielles. Rouen, Lille ou Douai furent cette fois durement touchés. C'est en rentrant de cette dernière ville qu'un régiment de chasseurs à pied avait propagé le mal en Île-de-France, fin janvier 1849. Neuf mois plus tard, on dénombrait vingt mille morts à Paris et plus de cent mille sur l'ensemble du territoire. Cent mille, oui, un chiffre rond, celui à partir duquel il semble, en France, qu'on prenne conscience de la saignée. Ce n'était pas la première poussée – ce ne serait pas la dernière –, mais il semblait que ni la médecine ni l'administration en charge de la santé publique n'avaient progressé face aux assauts de la pandémie. Le vibrion qu'on n'avait pas identifié sautait d'un continent à l'autre, moissonnait de pauvres vies et se jouait insolemment des frontières et des remèdes. Un sujet atteint pouvait succomber en moins de deux jours, défiguré par une cyanose qui lui faisait la peau gris-bleu et la fripait en une expression de terreur indescriptible. Le mal y avait gagné un sobriquet charmant : la « peur bleue ». On le savait, la peur bleue fauchait de préférence les quartiers les plus denses. Elle se signalait un lundi et vous décimait un cloaque surpeuplé avant la messe du dimanche suivant. Le commun en parla peu, cependant. Il est vrai qu'en 1832, déjà, le choléra avait envoyé *ad patres* autant de Parisiens qu'il le ferait dix-sept ans plus tard. En outre, un contexte fébrile occultait le bilan humain. L'accession d'un Bonaparte à la présidence, puis, au plus fort de la crise sanitaire, l'élection de l'Assemblée nationale législative accaparaient les esprits ; mieux, la perspective d'expérimenter le suffrage universel les obnubilait.

Une évidence se vérifiait pourtant à chaque pandémie : la corrélation entre misère et mortalité. Il y avait là matière à réflexion. La mort du maréchal Bugeaud, en son bel hôtel du quai Voltaire, préservé de toute promiscuité morbide, ne pouvait démentir cette fatalité. Qu'elle eût sauvegardé les apparences de la morale – les riches aussi payaient le tribut – ne résistait pas à un examen sérieux. Dénuement, malnutrition, épuisement déroulaient un tapis rouge au vibrion. La tendance franchement discriminatoire du bilan des victimes relevait bien de la responsabilité de la société. Les tâtonnements de la médecine n'étaient pas seuls coupables. On n'en tergiversait pas moins.

Faisions-nous face à une infection qui flottait dans l'air, à un miasme donc, ou à un mal contagieux dont le contact physique, la promiscuité, la proximité pourquoi pas, favorisaient la transmission ? Il importait de le savoir. La réponse n'orientait pas seulement la recherche, elle commandait les comportements sociaux. Si la maladie se transmettait, il fallait confiner les populations contaminées et s'assurer d'un cordon sanitaire autour d'elles, quitte à instaurer des attestations de déplacement entre les zones désignées et le reste du pays, comme à Marseille lors de la peste de 1720. Si l'on démontrait l'hypothèse du miasme, c'est-à-dire d'une charge morbide immanente, charriée dans l'atmosphère, il n'y avait rien d'autre à faire que soigner, soigner et continuer à vivre. Or vivre, c'est travailler. Produire et commercer. Nombre de médecins ne croyaient pas à l'infection. Le Comité consultatif d'hygiène publique aussitôt institué aurait même franchement penché pour la contagion. Touchée dans sa dignité par ce concurrent sorti du chapeau, l'Académie de médecine soutint le contraire et conclut officieusement que, même si la contagion était démontrée, il lui faudrait persister dans l'erreur. Les académiciens étaient des notables. Ils partageaient les positions des élites : pas question de confiner les populations ni de fermer les usines ou les boutiques. Ils se contenteraient donc de prodiguer des conseils d'hygiène aux plus vulnérables : se laver (quand on n'avait pas d'eau à volonté), respecter une distanciation physique dans les rapports domestiques (quand on vivait dans la pire promiscuité), ne pas manger de produits avariés (quand on ne se nourrissait que de rogatons)... C'était illusoire. C'était ridicule. Quelle importance ? On ne pouvait fragiliser davantage une économie convalescente.

Les malades se claquemuraient, cependant. Et dans les quartiers les plus touchés de la capitale, toujours les mêmes, avec toutefois une fixation particulièrement meurtrière faubourg Saint-Marcel, les venelles en deuil restaient inanimées. On n'y travaillait plus ; on y circulait peu. Et leur désertion suspecte dissuadait ceux des quartiers plus chanceux d'y musarder. Qu'y auraient-ils vu, d'ailleurs, sinon des brancardiers extirpant les victimes de leur taudis fatal ?

L'opinion s'émut si peu, au fond, que Louis Napoléon aurait pu se détourner du problème. D'autant plus que le pic de l'épidémie survint au moment même où un corps expéditionnaire commandé par le général Oudinot cinglait vers Ostie, avec pour mission de rétablir le pape en ses États après qu'une république, « une république sœur » accouchée de la veille, l'en eut chassé. On imagine le tollé sur les bancs de la Montagne. Ce fut même la violence de ses protestations qui autorisa Changarnier à la décapiter, au prix de sept morts et de centaines d'arrestations... On avait décidément autre chose à faire que de s'apitoyer sur le sort des bas quartiers et leur grouillement de lémuriens malpropres.

Le prince n'en suivait pas moins les progrès du mal. Il décortiquait les avis du Comité consultatif et les bulletins quotidiens de la préfecture de la Seine, communiquant les statistiques des décès, aussi bien à domicile qu'en milieu hospitalier. La thèse de la contagion rebutait naturellement l'homme d'État. Quel prince, quel président aurait, en toute conscience, prôné la mise à l'arrêt de son pays ? S'il n'y souscrivait pas pleinement non plus, l'option du miasme, en revanche, prêchait pour l'accomplissement immédiat de son grand dessein. Si l'air vicié et l'eau corrompue, si l'entassement et la pénombre constante faisaient les délices de l'épidémie, alors la grande réformation de Paris s'imposait d'elle-même. Cette ambition le hantait. Londres, ses squares et ses vastes échappées bucoliques la lui avaient soufflée à l'oreille dès son premier exil. De l'eau claire à profusion, de la lumière, de l'air, voilà ce qu'il fallait à Paris. Sans cela, pas de sécurité sanitaire. Et sans cette dernière, pas de pauvreté supportable, donc pas de paix sociale. Avant même de tenter le coup qui se jouait, il avait en poche le projet d'une première percée nord-sud, le boulevard de Strasbourg. En attendant, il avait appuyé de toute son autorité l'adoption d'une loi relative à l'assainissement des logements insalubres. Cette loi, ardemment discutée au tomber de rideau de l'épisode épidémique et finalement votée à l'unanimité le 13 avril 1850, avait accouché de contraintes pour la plupart faciles à tourner. Elle prévoyait, par exemple, d'obliger les propriétaires à assainir leurs logements loués, sous peine d'une amende. Mais la modicité de celle-ci incitait les plus cyniques à s'en acquitter plutôt que d'effectuer les travaux. Une disposition cependant s'imposerait comme l'outil majeur du grand chantier en gestation : l'acquisition d'immeubles par voie d'expropriation pour cause d'insalubrité, sous-entendu pour cause d'utilité publique…

Le pessimisme palpable de Maupas quant à la tournure que prenait la riposte avait jeté un froid. L'inexpressivité du prince confinait à l'hébétude. Comme sous l'emprise d'une minuterie interne et des récurrences que marquaient ses aiguilles, celui-ci réitéra son souhait de se produire à cheval sur les Boulevards. Cette fois, ce fut Persigny qui s'y opposa – Fleury, lui, gisait groggy sur son grabat, et ne reparaîtrait pas avant le lendemain. On convoqua Maupas. Il n'attendait que cela.

Maupas arriva au palais de l'Élysée vers trois heures et demie de l'après-midi, une bonne heure avant la réunion du Conseil des ministres. Morny lui avait lui-même demandé de le rejoindre au ministère de l'Intérieur, afin de l'instruire en prévision du Conseil. Mais, déjà mandé par le président en personne, le préfet avait télégraphié ce mot d'excuse à son ministre : « [...] à mon grand regret je ne pourrai aller vous voir ; cependant j'aurais eu grand désir de causer avec vous ». L'explication viendrait à son heure. Elle dresserait définitivement l'une contre l'autre ces deux personnalités inconciliables.

Précis, néanmoins, et soucieux du bon fonctionnement de l'administration qu'il servait, Maupas tenait serrée dans son maroquin la liste exhaustive des parlementaires appréhendés, avec pour chacun mention de la prison qu'on leur avait assignée, toutes informations exigées par Morny. Attentif aux amabilités préliminaires de son prince, il s'empressa au premier silence de renouveler les objections de Persigny : il était plus que jamais hors de question de caracoler sur les Boulevards. Des rassemblements en agitaient de longs segments, aux Capucines, aux abords du boulevard du Temple... De jeunes bourgeois, reconnaissables à leurs manteaux noirs parfaitement cintrés, à leurs cravates négligées mais en soie, à leurs gants de peau, précisait-il, se mêlaient aux ouvriers, plus bruyants qu'eux, du reste, criant à la trahison et entonnant *La Marseillaise*. Les riverains prenaient peur et baissaient le rideau, on claquait les volets aux devantures des cafés... Il lui avait fallu prendre un arrêté menaçant toute réunion sur la voie publique d'une dispersion musclée, et d'arrestation de quiconque se rendrait coupable de « cris séditieux » ou de harangue menaçant l'ordre public. Mais, franchement, il doutait de son effet. Nimbé de volutes tabagiques, le prince paraissait se tasser, en proie à de sombres réflexions. Le préfet en charge du maintien de l'ordre, un fidèle, un forcené, lui exprimait sans détour ses inquiétudes. Il lui lisait par le menu les rapports de ses agents débordés, craignant pour leur vie chaque fois qu'ils procédaient à des arrestations, ou bien laissés sans secours dans leurs postes et leurs commissariats menacés par la populace.

Le poulpe écarquillait des yeux gros de colère et rassemblait ses bras. L'étreinte imminente promettait des flots de sang.

Louis Napoléon avait mandé Maupas, afin qu'il le renseigne, certes, mais surtout avec l'intention qu'il assistât au Conseil des ministres. Mais qu'en avait-on à faire, maintenant, de la frugalité préconisée par un Fould aux Finances ou des conjectures mouchetées d'un Turgot parfaitement ignorant des cruautés en usage dans les chancelleries ? Comprenant que ce conseil-ci ne réglerait rien, le prince se ravisa et en convoqua un autre, de guerre celui-là.

La promesse du sang

> « Le sang de nos ennemis est toujours le sang des hommes. La vraie gloire est de l'épargner. »
>
> Louis XV au soir de la bataille de Fontenoy

Pourquoi diable les avoir installés dans le Grand Salon ? Un Conseil des ministres, oui ! bien qu'à cet usage le salon Murat convienne encore mieux. Mais un conseil restreint ! Une cellule de combat ! Un conciliabule, un de plus, là, blottis dans un coin, loin de l'âtre ! Les salons ne manquent pourtant pas, ne serait-ce que celui contigu des Aides de camp, aussi flatteur dans son décor, mais plus intime, plus chaud, surtout. Morny est aussi frileux qu'une maîtresse ; quant à moi, je crains les grands vides.

Mocquard me précède et, lorsqu'il paraît, je les entends se lever. Et que vois-je ? Exactement cela : ils se tiennent en rond dans un angle mal éclairé. Un rond de sorcières. La mine soucieuse, narines pincées, mâchoires serrées. Des solliciteurs, voilà de quoi ils m'ont l'air. Saint-Arnaud et Magnan en grand arroi, toutes médailles pendantes (à ce concours-là, Magnan l'emporte, et de loin) ; Maupas et Morny affrontés comme des griffons (et pourquoi donc ?) ; Persigny en retrait, les joues rougies par le froid et la bruine qui ne cesse pas. Je crois savoir que le loyal serviteur revient du Mont-Valérien ; il a tenté d'alléger dans ses rigueurs la détention de son ami Falloux, un bourbonneux, de mes anciens ministres pourtant, un de ces calotins pour qui j'ai laissé Oudinot occire une république sous les murs de Rome… En comploteur invétéré, Persigny trouve à l'amitié des vertus politiques. C'est sa grandeur. Elle le perdra.

Me manque Fleury, alité ; me manqueront nos apartés et ses précieux conseils. Il m'a peut-être sauvé la vie : la balle qui a ricoché sur sa bonne caboche ne m'était-elle pas destinée ?

Sur un signe de moi, Mocquard a fait migrer cette phalange obséquieuse et martiale deux salons plus loin, vers celui des Muses, plus intime, contigu à mon cabinet. Occupant un coin, il est largement ouvert sur l'extérieur, mais le feu y est vif et j'ai fait approcher les fauteuils de la cheminée et des candélabres qu'elle supporte. Estampillés Jacob, je crois, ces fauteuils, commandés par ma tante Caroline, et un peu trop raides, un peu trop solennels pour les ravisseurs que nous sommes. Leurs ors luisent à la flamme, la flambée fait danser les motifs de leur garniture à fond cramoisi. Il y a quelque chose de juteux sous la dent, de vorace, dans cette couleur que je n'aime pas. Les mines n'en sont pas moins pâles.

— Messieurs, merci de vous être transportés jusqu'à moi, mais, vous en conviendrez, la confrontation de nos points de vue ne pouvait attendre davantage. Ce matin, nous menions la partie sans partage. Or, ce soir, des ministres, dont Rouher, dont Turgot, me rapportent que notre jeu se brouille. L'ambassadeur Hübner s'empresse de télégraphier à son empereur que « l'on commence en haut lieu à douter de la réussite du coup d'État ». Qu'en est-il, au juste, à l'heure présente ? Maupas, dites…

— Monsieur le président, messieurs, en effet, la situation se complique, je ne cesse d'en avertir le ministère et l'état-major depuis le début de l'après-midi. À mon retour de notre audience particulière, monsieur le président, il y a trois heures à peine, des barricades bloquaient les rues Rambuteau et Bourg-l'Abbé, d'autres rues Simon-le-Franc et Saint-Martin. De plus faibles encerclaient l'Hôtel de Ville. On m'en signale à l'instant qui encombrent les quais. Barricades ou pas, la rue s'agite. Les marchands de vin sont des repaires d'émeutiers, et les quartiers livrés à l'agitation en sont infestés, j'ai déjà eu l'occasion de m'en ouvrir au comte de Morny. En jaillissent des bandes très échauffées. La physionomie de ces groupes est absolument à la guerre.

— Qui vous donne donc ces renseignements si alarmants ? On dénombre quoi, un millier de protestataires ? Allez, quinze cents ! Un rien, en somme, abusé par les barbus des sociétés secrètes.

— Monsieur le ministre, il est de mon devoir de peindre la situation telle qu'elle se présente. Ma mission est de prévenir toute aggravation du mal.

— L'état de Paris n'a nullement le caractère que vous croyez ! Du chahut, oui ! L'émeute, non ! Il est beaucoup trop tôt pour parler d'émeute, c'en est presque regrettable...

— Je crains, mon cher Morny, que M. de Maupas soit dans le vrai. Quittant l'Imprimerie nationale pour le Mont-Valérien, j'ai noté sur les Boulevards des attroupements qu'excitait la vue de deux cadavres portés sur des planches, un père et un fils semble-t-il...

Voilà du sang de nouveau, s'il faut en croire Persigny ; au reste, pourquoi mentirait-il ? Du sang, quand je n'en veux pas une goutte sur ma tunique. Et Morny qui minimise ! Lui qui tançait il y a peu le prédécesseur de Maupas, cette brute de Carlier, qu'il jugeait trop enclin à la répression. « Il faut absolument que le coup d'État s'accomplisse sans qu'on ait arraché un cheveu à personne, sans une égratignure ! », disait-il alors. C'était l'été dernier, au plus fort de ces canicules languides du château de Saint-Cloud, nous n'en étions qu'aux balbutiements de la conjuration, le parti en était pris, certes, mais rien de ses modalités n'avait été arrêté. Morny s'appliquait alors à ménager mes préventions, mon dégoût du sang versé. Je me rappelle, il avait ajouté : « Si un homme distingué périt, son sang retombe sur votre tête, et sa perte vous est toujours reprochée. » Peu lui importe ce « reproche » aujourd'hui, et d'autant moins que c'est à moi, personnellement, qu'il serait adressé. Et pourquoi le sang d'un « homme distingué » et pas celui d'un ouvrier ? Il semble vraiment que mon frère joue *sa* partie. Et qu'il lui paraît hors de question que quiconque l'entrave dans sa conduite. Sinon comment expliquer cette morgue vis-à-vis de Maupas ? Maupas qui s'en tient à ma ligne ! Il le tuerait, s'il pouvait ! Il est vrai que ce subordonné ne lui lâche pas un pouce de terrain.

— Ce matin déjà, dès l'aube, je réclamais des troupes, tandis que des rouges se massaient place de la Bastille !

— Vous les avez eues à temps, monsieur le préfet.

— Certes, général, mais, vous en êtes parfaitement conscient, s'il y avait eu une demi-heure de retard, le quartier eût été au pouvoir des masses !

— Nous avons déployé les troupes toute la journée d'hier, on a fait tourner des batteries d'artillerie attelées de caissons et prolonges. La mesure a impressionné, certes. Mais toutes ces démonstrations, c'était sur les Boulevards. Impossible, en revanche, d'aller parader aux Arcis ou dans le quartier des Marchés ! Voies trop étroites, trop tortueuses... C'est à s'y perdre, Dédale lui-même, enfin... Il n'y a pas souricière plus sournoise.

— Permettez-moi, général, mais je maintiens : vous ne déployez pas assez de troupes ; mes agents n'y suffisent pas. Voilà pourquoi on trouve dans le centre des affiches qui vous flétrissent, monsieur le président, et qui nous salissent tous ! Le prince y est mis hors la loi, et nous traités de prébendiers, et nos soldats qualifiés de « prétoriens » ! Des collèges de députés signent ces torchons !

— Les députés, mon cher Maupas, ne sont dangereux que lorsqu'ils en appellent au peuple, et ceux-ci ne sont pas assez aimés de lui pour prendre ce risque.

— Les représentants signent ces proclamations, vous dis-je ! Et même si vous étiez dans le vrai, monsieur le ministre, serait-ce une raison pour me mander d'en relâcher de pleins fourgons en rase campagne, comme j'ai dû le faire hier soir ?

— Du menu fretin, la piétaille parlementaire…

— Alors, pourquoi m'avoir hier midi donné l'ordre de les arrêter ?

— Pourquoi pas ? Nous les avions sous la main. Ce fut d'ailleurs, je vous le rappelle, tout l'intérêt de jouer notre affaire en pleine session parlementaire…

— Permettez-moi cette question, avec tout le respect que je vous dois, monsieur le ministre : avez-vous songé à constituer votre conseil de guerre ? Ou bien y aurait-il déjà dislocation du ministère ? Il faudrait des actes qui révèlent son existence. Et non des ordres absurdes, comme de faire filer par mes agents les derniers représentants légitimistes, ni des ordres périmés, comme de surveiller les obsèques du représentant Baudin, quand elles ont eu lieu depuis des heures, et dans le plus grand calme !

— Holà, tout doux, mon bon Maupas, *hold your horse* ! Nous sommes là, unis, pour rallier l'autre rive sans dommage. Nous voilà embarqués ; veillons à ce que la traversée ne tourne pas au naufrage.

J'ai dit cela comme on reprocherait à une arpette deux retards consécutifs à l'heure de l'embauche, entre deux bouffées de cigarette, la réprimande suspendue aux épaisses volutes, pour rien… Et en suspension dans l'éther également, une attente, des questions sans réponse. Aller de l'avant ? Tirer des bords de droite ou de gauche, faire machine arrière ? Mais, après tout, cette indécision n'est peut-être que la mienne. Du fond de ma tabagie, je n'ai pas immédiatement saisi leurs échanges de regards. Désormais, tous portent sur ma personne. Si l'on excepte Maupas les bras dans le pétrin, on jurerait que ces hommes se sont entendus sur un parti avant même de m'écouter. Veulent-ils seulement m'entendre maintenant qu'il va leur falloir lâcher les coups ? Ils se sont engagés, à fond, ils n'envisagent plus l'action à l'aune d'un quelconque principe. Ils n'apprécient pas l'événement, ils le chevauchent. Un écart et ils éperonnent ; un refus et ils cravachent.

— Veuillez me pardonner, monsieur le président, et vous aussi, je vous prie, monsieur le ministre. Veuillez considérer mes derniers propos comme non avenus. Je les regrette bien sincèrement. Il est vrai cependant que je vois mieux depuis la préfecture les efforts de nos ennemis que vous, monsieur le ministre, depuis la rue de Grenelle.

— C'est cela, vous voyez Paris depuis le pas de votre porte.

— Peut-être… Ce que je vois, moi, monsieur le ministre, c'est qu'il faut assurer une présence militaire massive, comme le général Magnan a daigné le faire hier, c'est-à-dire une présence dissuasive. Nous devons prévenir l'explosion.

— Vous voyez des pétards partout.

— Ils éclatent sous mes fenêtres. Et ce que je vois, c'est ma famille directement menacée. Me voilà réduit à organiser son évacuation. Que reste-t-il à faire après cela ?

— Aller se coucher, je suppose.

— …

— Pour moi, j'irais prendre un bain bouillant. Il fait un froid de gueux, non ?

Mon frère s'essaye à un rire qui dévoile ses dents gâtées, puis il retourne à son sourire en coup de sabre. D'où lui vient ce mépris pour Maupas ? C'en est à croire que tout les oppose, la nonchalance du grand seigneur qui toise l'orthodoxie du prosélyte, la liberté de mœurs qui taquine la raideur affectée du bon pasteur… Le joueur surtout, l'intuitif surdoué qui ne souffre pas qu'un fonctionnaire ponctuel lui en remontre. L'affrontement théâtral du *Lovelace* et du clerc, en définitive. Il ne me paraîtrait pas extravagant, de surcroît, qu'un sentiment d'infériorité physique s'en mêle. Oh ! mon demi-frère est un *sportsman* accompli, d'une irréprochable prestance, mais la calvitie précoce, un léger prognathisme, bien que très Habsbourg d'Espagne, notez, et puis le timbre voilé, comme moi, toutes ces menues disgrâces suffiraient au dandy qu'il demeure pour qu'il prenne en horreur le poil cranté et l'ampleur dans le geste du jeune récalcitrant, par ailleurs si prompt à la sérénade… Maupas l'agace. Sa précocité l'exaspère, sa transparence lui porte ombrage. Je vous fiche mon billet que Morny me réclamera sa tête, tôt ou tard, en rival. Aurai-je le cran de la lui refuser ? Maupas le mérite ; il nous assomme de signaux alarmants, certes, mais jamais sa loyauté n'a été prise en défaut ; je communique directement avec lui, sans que Morny se doute le moins du monde du court-circuit. Oui, j'ai confié la conduite de l'affaire à mon demi-frère. Des conjurés, il est le plus capable. Mais Maupas, lui, ne joue pas pour son propre bénéfice. Il joue pour moi. Au reste, je serais curieux de voir la tête de mon frère s'il apprenait que ce ministère où il s'improvise homme d'État je l'avais tout d'abord proposé à Maupas.

Peut-être le sait-il, justement, maintenant que tout lui remonte. Peut-être entend-il lui démontrer que chacun désormais est bien à sa place et qu'il est hors de question que le subalterne en bouge.

Morny triture sans y penser le cabochon de son épingle à cravate, ses yeux me caressent, il me sourit vaguement mais sans ironie : il s'apprête à prendre la main.

— Nous avons des rassemblements, qui en aurait douté ? Ces mouvements, c'était à vos agents, Maupas, qu'il incombait de les prévenir. Tout attentisme à ce sujet pourrait se montrer coûteux.

— Je vous rappellerais que c'est bien la police qui a ordre d'attendre la force armée, et non le contraire ! Le général Magnan réclame l'envoi de policiers pour disperser un gros attroupement rue Montmartre ou un autre devant un théâtre… C'est le monde à l'envers !

— C'est bien à vous qu'il incombe de botter le train des colleurs d'affiches, comme de traquer les sociétés secrètes. C'est bien à vous que je m'adresse quand il s'agit de disperser un rassemblement secondaire, comme, ce matin, celui du théâtre de l'Ambigu !

— Soit, général, mais ce n'est pas à la police de « nettoyer » le terrain ni de faire cesser par la force du gourdin l'érection bien avancée d'une barricade ! C'est à vous ! À l'armée ! Pour Dieu, envoyez du monde quand on vous en réclame !

— Dites ce que voudrez, messieurs… Nous aurons des barricades ? Bien. Oui, « bien », très bien même, ne faites pas cette tête-là, Maupas ! Des barricades, donc. Peut-on déployer un escadron au front de chacune d'elles ? Le doit-on, seulement ? À peine la charge aurait-elle balayé l'obstacle qu'il se reformerait dans le dos de ceux qui l'ont franchi. On ne cesse de me signaler ici ou là des forces trop éparpillées, sur le point d'être cernées.

— Mais précisément, monsieur le ministre ! Si l'armée craint d'épuiser ses troupes en de vaines escarmouches, c'est qu'elle les déploie en trop petites unités !

— Merci de vos conseils tactiques, monsieur de Maupas, mais c'est précisément pour ne pas persister dans l'*erreur* dont vous me créditez que je ne disperserai pas mes forces dans l'inextricable souricière où veut nous attirer la révolte.

— Bravo, Magnan ! Voyez, mon cher préfet, notre général en chef abonde dans mon sens ! Et vous aussi, sans le savoir ! Inutile de se disperser. Laissons les insurgés s'engager tout à fait, laissons des barricades sérieuses se former et, ensuite, écrasons l'ennemi, détruisons-le !

— N'y voyez-vous pas trop de risques, cher comte ? Quinze cents têtes brûlées, disiez-vous, mais les premiers carnages n'en soulèveront-ils pas dix mille autres ?

— Persigny me coupe l'herbe sous le pied, messieurs. N'est-ce pas, contre mon vœu, ouvrir les vannes à des flots de sang ? Morny, qu'en dites-vous ?

— Prince, vous m'avez chargé de la conduite de l'opération, et ce choix m'honore. J'en ai accepté le risque : je joue ma tête dans l'entreprise. Aussi, vous voudrez bien souffrir que je prenne toutes les mesures que je juge nécessaires. Je maintiens avec entêtement mon système : la police seule pour *éviter* les projets ; la troupe pour agir violemment si ces projets s'exécutent.

Et cela vaut aussi pour vous, général : de grosses patrouilles n'empêchent jamais rien ; elles rendent seulement l'usage des troupes moins efficaces le lendemain.

— Je constate que, comme son préfet, monsieur le ministre de l'Intérieur se pique d'affaires militaires. Il oublie un peu vite mes états de service. Faut-il rappeler comment j'ai réprimé les grèves ouvrières de Lille ? Et la blessure que j'ai reçue à Lyon pas plus tard qu'il y a deux ans en écrasant la révolte des « Voraces » ?

— Je n'oublie pas, mon cher Magnan. Je n'oublie rien. Et certainement pas qu'une première fois, à Lyon, en 1830, vous étiez entré en pourparlers avec les canuts plutôt que de les combattre par le fer et par le feu. Et, rappelez-nous : que vous avait-elle valu, cette… *modération* ? Une mise en disponibilité immédiate ! Et huit années pleines d'exil au royaume de Belgique ! Huit ans d'errance, en mercenaire !

Je me rappelle, moi, que Magnan commandait le département du Nord lors de notre pauvre tentative de Boulogne. Et que, circonvenu par nos envoyés, littéralement soudoyé par eux, il n'a pas levé le petit doigt le jour dit. Qu'il a repris sa parole. Mais qu'il a bien gardé pour lui les cent mille francs que notre fidèle Aladenize lui avait remis, et qu'il lui a été bien difficile, à l'heure des comptes, de se justifier d'une telle gratification devant les juges… A-t-il pu croire que je ne m'en souvenais pas ? Il est vrai que je feins d'oublier, par calcul. Je chasse les souvenirs qui pourraient encombrer ma route. Il me fallait dans la présente combinaison un général de corps d'armée, d'autres ont refusé, lui pas, je me suis donc contenté de la vieille ganache, voilà tout, quitte à surveiller du coin de l'œil ses éventuels *flottements*, disons-le comme cela. Ah çà ! Il n'a pas changé. Toujours aussi panier percé, ce Magnan ! Jamais le sou, et toujours à dépenser, à paraître, à se choyer, à spéculer, à jouer... Comme moi ! comme Morny, comme Saint-Arnaud, comme Fleury ! Comme Persigny, mais lui est un idéaliste, un frugal. Quelle meute d'hyènes faméliques nous faisons ! Ce soir, je le sais, pas un d'entre nous ne mourrait en paix avec son tailleur. C'est à se demander si mes *comparses* ne complotent pas que pour se refaire. Déjà, pour Morny, la question ne se pose même pas. Il ne vit pas à crédit, mais aux dépens. Sa débauche de faste est un vol permanent. Seulement, moi, je vois la France tandis qu'eux lorgnent ses richesses. Moi, je vois l'arbre ; eux comptent ses fruits, non pas ceux à ramasser au pied du tronc, pas plus que ceux à aller chercher à la cime, mais ceux à cueillir là, à hauteur d'homme, sans effort.

— Je vous le répète, Prince, le plan des émeutiers est de fatiguer les troupes pour en avoir bon marché le troisième jour ! Il en fut ainsi lors des trois journées de juillet 1830, et de même lors des trois journées de février 1848. Par deux fois des troupes engagées à la va-vite, par deux fois des rois jetés à bas de leur trône ! Cavaignac seul a su briser cette logique.

— Mais attention, Morny, à quel prix ! Et je ne parle pas seulement des ouvriers massacrés, mais des mille sept cents bons soldats sacrifiés à cette authentique opération d'extermination. Je ne désire ni ne puis renouveler un tel carnage !

Ils s'impatientent. La lenteur de mon élocution les horripile. Mes hésitations, surtout, si nombreuses, si prolongées parfois que j'en laisse des phrases en suspens, comme si je ne parlais qu'à moi-même, ou que je conversais avec une voix intérieure. Ils en font des yeux de carpe ! Et des miens, mi-clos en permanence, paraît-il, je vois par la porte entrebâillée du salon voisin passer des hommes en uniforme d'officier supérieur, des inconnus, des Africains que je n'ai jamais vus. Il n'y en a qu'un que j'ai reconnu, un métropolitain celui-là, le général de Cotte, le *faithfull squire** par excellence, grand maître de cavalerie en puissance... Ils viennent aux ordres, déjà. Tout semble s'être joué sans moi. Mes complices me fixent du regard. Ils s'impatientent ; mes silences les entravent, ils s'en libèrent. Magnan décolle enfin du dossier de sa chaise, et en tintinnabule de toutes ses breloques :

— Que Monseigneur me pardonne, mais mon intention est malgré tout de ne point épuiser mes forces afin de pouvoir en user demain avec vigueur. J'ai organisé le retour des unités aux cantonnements, non sans établir, d'heure en heure, un relais de fortes patrouilles. Des bataillons de la brigade de Cotte, par exemple, entre la Bastille et le débouché de la rue de la Paix. Mais, que monsieur de Morny se rassure, jusqu'à onze heures, pas plus tard.

— Si cela vous chante, général... Mais pas ailleurs que sur les Boulevards ou sur les esplanades des sièges du pouvoir, de sorte que nous nous préservions un

* « L'écuyer fidèle ».

circuit stratégique ! Prince, croyez-moi. Le fruit de mes réflexions ne laisse aucun doute : il n'y a qu'avec une abstention entière, en cernant un quartier, en le prenant par la famine ou en l'envahissant par la terreur qu'on fera la guerre de ville.

— Ce qui est dit est dit : toutes mes troupes rentreront dans leur quartier pour s'y reposer. Quant au reste…

— Au reste, général ?

— Eh bien oui, parbleu ! Tout ce que vous souhaitez depuis le début, Morny ! Abandonnons Paris aux insurgés, laissons-les faire des barricades ! Demain, s'ils sont derrière, je leur donnerai une bonne leçon.

— À la bonne heure !

— Mais ne croyez-vous pas, général [mon bon Persigny sonde mes nuées, en quête d'un encouragement, d'un signe d'assentiment, tout au moins…], que cette désertion va redonner de l'espoir à nos adversaires ? Et ruiner d'un coup les acquis de la journée et de celle d'hier ?

— Les troupes seront à leurs dispositions de combat à dix heures, pas avant. Je veux donner du repos aux troupes, vous ai-je dit. Donnons donc à l'insurrection le temps de se développer, si elle l'ose. Il faut en finir, j'en conviens. Demain, tous les cris seront étouffés à coups de baïonnette, tous les rassemblements dissipés par la force, les barricades battues par l'artillerie…

— Eh bien voilà ! Voyez, Persigny, Magnan luimême est converti ! Pardon si je rabâche, mais j'ai foi seulement dans ce système.

Ces hommes ne se résignent pas au massacre. Ils y sont prêts. Et jusque-là parfaitement silencieux, carré dans sa bergère comme un faucheux plié en quatre, Saint-Arnaud s'éveille au parfum de la poudre et du sang. Il se lève, je dirais plutôt qu'il déploie ses membres. Non, il n'a pas prononcé une parole depuis le début la réunion. On le dit piètre orateur, c'est un brillant causeur pourtant. Le timbre est clair, le verbe choisi. Un peu phraseur tout de même, le joli cœur du bataillon. Et tout de suite, au regard que Morny pose sur moi, à l'imperceptible raidissement de ses sourcils, je comprends que nous aurons une longue tirade. Maupas en pince nerveusement sa chaîne de montre. Quant au vieux Magnan qui n'a guère d'estime pour cet Africain, il s'abîme dans la contemplation des motifs de l'immense tapis de la Savonnerie (m'est avis qu'il se demande s'il pourra fêter comme il se doit son soixantième anniversaire, dans quatre jours, ce me semble).

Le faucheux s'éclaircit la voix. Tout s'éclaircit en lui, le visage qui danse au flamboiement de l'âtre, le poil qui luit, et ce prodige qui lui allume d'un coup le regard comme l'allumette au quinquet ; il en a le bleu du gaz enflammé. J'ai tout à craindre du boniment.

— Messieurs, jusqu'à maintenant je n'ai pas jugé bon d'exprimer mon sentiment à Son Altesse Impériale. Il fallait, ai-je pensé, que le politique s'exprimât avant le feu. Vos débats, que je qualifierais d'édifiants, vraiment, me rappellent très clairement le 24 février 1848. Et plus précisément encore le plan de bataille de mon regretté chef, le maréchal Bugeaud. Il s'agissait d'engager quatre colonnes infernales dans le roncier des insurrections, la « souricière » qu'évoque Magnan, toujours la même, et alors plus dense encore qu'aujourd'hui. En prélude à l'engagement, le vieux chef avait proclamé au front des troupes : « Vous savez qu'en pareille circonstance je n'ai jamais été vaincu : voyez si vous voulez me faire perdre mon pucelage... » Eh bien, en trois heures, c'en fut fait de sa virginité. Et presque fait de ma personne. Des lâches de ma colonne avaient jeté leur fusil dans la Seine, et avaient arraché des épaulettes et des manches les insignes de leur unité, d'autres avaient tombé l'uniforme même, si bien que je me retrouvai presque seul – il n'en sera rien demain, nous pouvons en être sûrs. J'avais dû alors me réfugier dans la préfecture de police avec ce qu'il me restait de fidèles. On m'assiégea. Des gardes nationaux passés à la révolte parlementèrent. On me laissa sortir, mes derniers soldats la crosse en l'air. Et puis quoi ? On me jeta à bas de mon cheval ; on m'injuria, on me molesta, j'en garde des blessures ; on me conduisit comme un paria à l'Hôtel de Ville au moment même où M. de Lamartine y faisait le beau... Il me fallut des trésors de ruse pour me soustraire à un verdict dicté d'avance, sous un costume indigne de ma condition de soldat [pas à moi, comédien ! vous avez soudoyé l'ouvrier en joaillerie qui vous gardait et endossé ses habits ; je connais cela, moi qui me suis fait la belle sous une blouse de maçon].

» Ce jour-là, je me suis fait ce serment : si je devais commander une unité dans semblables circonstances, je ne ferais pas plus grâce aux républicains qu'aux Arabes du Dahra. Pour moi, pékins ou Bédouins, c'est égal : une presque humanité à passer au fil de l'épée.

Si vous me permettez de parler comme mon premier maître, le maréchal Bugeaud : « Je ferai avaler aux Parisiens le sabre d'Isly* jusqu'à la garde. »

» Cela posé, Bugeaud se trompait. Aventurer le gros de nos forces dans le carré des émeutes n'avait eu pour effet que de dégarnir les Tuileries que la vermine s'est empressée d'envahir. Je rappelle que nous avions alors quinze cents barricades. Nous n'en avons pas le décime aujourd'hui. Est-ce une raison pour courir le même risque ? Eh bien non !

Puis il ajoute à mon intention, pour moi seul, son regard éclairé au gaz m'en convainc, moi, un Napoléon, moi qui, déjà, couvre l'armée de faveurs, moi qui l'aime étincelante et crâne, alors même que je ne souffre ni le fracas des combats ni le sang versé, moi qui l'aime donc, mais à la manière d'un enfant, il ajoute d'une voix sourde qui glace l'acier de ses yeux :

— Nous ne pouvons pas plus courir le risque que la troupe fraternise avec le peuple. Or jusqu'ici, c'est ce risque fatal que nous avons pris. Car nous le savons tous ici, et Son Altesse Impériale la première : placées face à cette éventualité, les petites unités sont plus vulnérables que les grosses. Parce qu'elles sont impressionnables ; parce qu'elles échappent à la vigilance directe des grands chefs.

» Aussi, c'est le cœur ferme que je me rallie au plan de M. de Morny. Enfermons la vermine dans son

* Bataille remportée le 14 août 1844, sur les bords de l'oued Isly, par les onze mille hommes de Bugeaud sur plus de vingt mille cavaliers marocains rassemblés par le sultan Abd al-Rahman, allié d'Abd el-Kader.

cloaque. Qu'elle y danse, qu'elle s'avine. Nous l'anéantirons au canon !

— Messieurs, n'avons-nous pas là la plus claire démonstration de mon credo ? Que n'avez-vous parlé le premier, Saint-Arnaud ! À cette heure, M. de Maupas serait dans son lit, et moi dans ma baignoire.

— Et nos biffins dans leurs dortoirs, n'est-ce pas, Magnan ? Car nous sommes bien d'accord, l'ennemi, c'est le harcèlement. Il faut s'en garder à tout prix. Du repos donc, des rations copieuses, du vin plus qu'à l'ordinaire et des munitions pour deux jours dans les gibernes… Nous déferlerons avec une telle force que rien n'émergera de notre sillage.

C'est Saint-Arnaud qui pérore, mais mon demi-frère qui triomphe. Auguste est si fier de son duo de saltimbanques, une tragédie, en vérité, qu'il m'en montre ses méchantes dents écrêtées. La partie qui se joue les amuserait presque. Comme des enfants ausculteraient une fourmilière, les deux compères observent le vieux cœur de Paris s'ériger en forteresse. Et comme ces enfants, ils n'attendent que le moment de donner des coups de pied dedans. À l'issue de notre première rencontre à l'Élysée, mon demi-frère m'avait jugé encombré d'un progressisme fumeux, naturel aux proscrits, pensait-il ; qu'avait-il dit à Flahaut, ou à Margaret Mercer Elphinstone, sa belle-mère, je ne sais plus, qu'il m'avait trouvé imbu de préjugés, de faux systèmes, de défiance ? Il s'était montré encore plus dur pour mon entourage immédiat, « une collection de niais », se répandait-il en ville, incapables de me « conseiller une bonne marche ». Mais qu'était-ce donc que la « bonne marche », selon lui ? Une marche forcée, toute tendue vers son obsession personnelle, sa « marotte », badine-t-il, le coup d'État ! Avec Saint-Arnaud, il ne s'est pas trouvé un « marcheur », mais un forceur, un forceur de chance, un forceur de murailles, de barricades, de verrous, de bonnes femmes ! L'agioteur et le boucanier, quel binôme ils forment ! Lequel exerce-t-il un ascendant sur l'autre ? Il y a deux mois, ils ne se connaissaient pas. Mêmes appétits pourtant, même mépris de la mort, le premier par pur dandysme, le deuxième par effet de routine ; des manières policées chez l'un comme chez l'autre, mais une férocité égale de fauves déréglés. Il y a certes du Talleyrand chez Morny, mais par la manche ; Saint-Arnaud, lui, cultive le flegme un peu las des flibustiers revenus de tout. Voilà deux égaux qu'un intérêt bien compris a placés bras dessus bras dessous. Ils sentent leur partie bien en main. Ils se comprennent à mots couverts ; d'un signe, l'Africain relance mon demi-frère :

— Si vous *nous* le permettez, Prince, nous tenons là quelques proclamations et arrêtés qu'il conviendrait d'afficher de toute urgence. Il est temps de mettre à profit toutes les rigueurs de l'état de siège, sans toutefois prendre quiconque en traître. Voici :

Habitants de Paris !

Les ennemis de l'ordre et de la société ont engagé la lutte. Ce n'est pas contre le gouvernement, contre l'élu de la nation qu'ils combattent, mais ils veulent le pillage et la destruction...
Que les bons citoyens s'unissent au nom de la société et des familles menacées.

Restez calmes, habitants de Paris ! Pas de curieux inutiles dans les rues ; ils gênent les mouvements des braves soldats qui vous protègent de leurs baïonnettes.
Pour moi, vous me trouverez toujours inébranlable dans la volonté de défendre et de maintenir l'ordre.

— Si vous voulez bien accepter d'apposer votre signature au bas de ce document... Un autre, de nature plus coercitive, émanera de la préfecture de police, décrétant l'état de siège et l'application de ses... « conséquences rigoureuses », si je ne m'abuse, Maupas...

— Nullement, monsieur le ministre, nullement :

Usant des pouvoirs qu'il nous donne :
La circulation est interdite à toute voiture publique ou bourgeoise.
Les stationnements des piétons sur la voie publique et la formation de groupes seront, sans sommation – J'insiste –, *dispersés par la force. Que les citoyens paisibles restent à leurs logis...*

Puisqu'on ne saurait craindre de redondance en la matière, je me suis permis d'ajouter :

Il y aurait péril sérieux à contrevenir aux dispositions arrêtées.

— Bien, Maupas ! Bien ! Enfin, M. le ministre de la Guerre vous demande d'approuver un arrêté laconique mais dont, pour cette raison, nous garantissons l'efficacité. Mon cher Saint-Arnaud, s'il vous plaît...

Le ministre de la Guerre,
Vu la loi sur l'état de siège,
Décrète :
Tout pris construisant ou défendant une barricade, ou les armes à la main, sera passible du conseil de guerre.

— Ah non ! Saint-Arnaud, non ! certainement pas « sera passible du conseil de guerre » ! Maupas, votre plume je vous prie :

Sera fusillé.

Ou comment le comte postiche prend le pas sur le ministre de sac et de corde. Mon frère s'était trouvé un complice en la personne de Saint-Arnaud. Mais il a fallu qu'il le rabaisse, qu'il le tienne à distance… Et à distance de qui ? De moi. Il se montre odieux avec ma garde rapprochée ; il tient ces fidèles pour des chiens de manchon, Mocquard pour un valet, Maupas pour un danseur de casino, et Persigny pour une vierge folle… Il n'y aurait que Fleury pour trouver grâce à ses yeux, parce que, meilleur maquignon que lui et au moins aussi entreprenant, il peut se montrer de quelque utilité en matière de chevaux ou de femmes. Il méprise les hommes que je… que je n'*aime* pas, certes, bien que j'aie de l'affection pour Persigny, comment ne pas ? Que je n'aime pas mais que j'estime et sur lesquels je m'appuie quand le doute s'installe. Or, dans la conspiration permanente que fut ma vie jusqu'ici, dans la dure école de la patience à laquelle j'ai été dressé, le doute est un compagnon collant. Il me semble parfois que Morny cherche à faire le vide autour de moi. Ou qu'il me ravisse la prééminence dans le cœur de ces vieux compagnons de marche. Il en impose, certes. Mais il devient encombrant. Je ne m'en cache pas, et pourtant… Le voilà qui m'embobine avec la complicité maligne de Saint-Arnaud, avec celle de Magnan. Et soudain le silence de Maupas, comme s'il se ralliait, lui aussi, à cette stratégie sanguinaire… Ces hommes vont me forcer à faire ce que je ne veux pas. Ils ne feront pas de prisonniers, et je suis sur le point de céder. La précipitation ne me vaut rien. Je me sens bien au milieu des livres, au milieu des cartes ou des plans (des plans de Paris, j'en ai plein la tête). Mais Morny serre les dents, fait entendre que ce n'est pas au milieu du gué, etc. Et je ne suis pas loin d'en convenir. Par quel sortilège m'entraîne-t-il dans son sillage ? À quel pacte de sang entend-il m'obliger ?

— Voyez-vous, Prince, en matière de guerre civile, il n'est pas défendu aux chefs des partis d'aller à la bataille avec des gants ; mais il ne faut point quand la nécessité l'ordonne que leurs gants empêchent le sang de rougir leurs mains et d'entrer sous leurs ongles.

Il a dit « guerre civile », sans ciller. Comment suis-je assez niais pour m'en étonner ? Dès lors que l'homme d'action joue sa vie dans l'aventure, il n'a cure de celle des autres, voilà tout ! J'acquiesce. Je signe *ma* proclamation. Le silence. Le froid qui s'engouffre. L'incrédulité de Persigny. Persigny qui m'interroge du regard, comme le chien qui ne vous comprend plus, la tête de côté. Il a des mots sur le bout de la langue. Non, Persigny, n'en dites rien. Ne me servez pas du « Sire », vous tacheriez mon règne du sang qui doit couler ; et encore moins du « Prince », ce serait le présage de notre énième échec.

Mourir en badaud

> « Les pieds leur ont littéralement glissé dans le sang. »
>
> Sainte-Beuve,
> *Chroniques parisiennes*

La journée du 4 décembre ne débuta pas exactement comme l'avait escompté le quintet de murènes alléchées. Ce fut tout d'abord le commissaire de la Halle qui signala que l'approvisionnement des marchés ne rencontrait aucune difficulté, ce qui autorisa Maupas à télégraphier à son ministre : « La confiance reparaît. » Puis, peu avant neuf heures, le chef d'état-major général qui, jugeant « Paris parfaitement tranquille », fit rentrer en leurs cantonnements des troupes affectées à la protection de la préfecture… Un calme quasi dominical régnait dans les rues où ne circulait nulle autre voiture que celles des pourvoyeurs de denrées alimentaires. Paris s'éveillait comme tiré d'un mauvais rêve.

Les prémices de l'aube avaient, semble-t-il, également arraché le prince à son cauchemar. Les bras de miss Howard l'avaient-ils retenu plus que de coutume ? Ils l'avaient apaisé tout au moins. Le soutien de la belle Anglaise n'avait jamais fléchi. À l'époque pas si lointaine de l'irrévérence et des railleries, quand Changarnier pouvait encore se permettre de le traiter de « perroquet mélancolique », lui, un Bonaparte, la présence à ses côtés de cette lionne faisait tout de même s'exclamer dans les salons : « Qui donc disait que Louis Napoléon n'avait pas d'esprit ? Il a ramené de Londres la plus belle femme et le plus beau cheval du monde ! » D'autres croqueuses mieux nées avaient, hier encore, succombé à son charme économe d'effets, tout en demi-teinte. Parmi elles, la piquante marquise de Contades, redoutée pour son intelligence, qu'il avait ravie à Fleury, à moins que celui-ci ne la lui eût prêtée, puisqu'il la lui avait reprise... Il resta attaché à l'Anglaise, cependant. Sans doute l'aimait-il.

Elle lui avait été présentée à Londres par le comte d'Orsay, émule français du beau Brummel et arbitre du goût de part et d'autre de la Manche, ce qui n'est pas anodin quand on sait quelle existence de dandy Louis Napoléon avait menée en exil. Actrice courtisée sinon surchargée, vingt-trois ans tout juste et centauresse dans l'âme, elle avait aussitôt mis à la disposition de son prince errant l'immense fortune que lui avait constituée un soupirant de haut vol. Fleury, pourtant si regardant quant à l'entourage de son maître, était bien obligé de l'admettre : en public, cette liaison « convenable » n'outrepassait jamais « une parfaite réserve ». Le prince-candidat à l'hôtel du Rhin, sa maîtresse au Meurice ; le prince-président à l'Élysée, la même rue du Cirque, en un petit hôtel qu'on disait relié au palais par un passage souterrain... Chacun à sa place, en somme, et, avant toute chose, le rôle féminin cantonné au faire-valoir du prétendu « sexe fort ». L'impeccable maîtresse patientait ; l'actrice n'en rongeait pas moins son frein.

Elle avait beaucoup misé sur son aiglon de remonte. Maintenant que sonnait l'heure des retours sur investissement, elle languissait de paraître. Depuis trois ans et l'élection présidentielle, elle cherchait péniblement sa place de compagne officielle du chef de l'État. Si elle se produisait peu à l'Élysée, on la voyait sur les Champs-Élysées, en voiture ou en amazone aux côtés du prince. Quand elle recevait, c'était en son hôtel et non au palais, et elle n'invitait que des intimes, tout au moins le croyait-elle, des diplomates britanniques, les membres du conseil privé du président, à commencer par Mocquard, son confident à l'occasion, dont elle flattait la fibre littéraire et les talents passablement élimés de séducteur. L'imminence du coup parachevait néanmoins la mutation de l'amante en grande favorite. Elle attendait beaucoup, et beaucoup trop ostensiblement, de sa réussite, si bien qu'à la longue le très pointilleux Fleury ne vit plus en elle qu'une « cause de sérieuses préoccupations ». Mais qu'avaient-ils à lui reprocher, en définitive, les conspirateurs du point du jour ? D'être une femme immiscée parmi eux. Sinon quoi ? D'avoir usé des seules armes d'ascension qu'un monde d'hommes laissait au « beau sexe » : la séduction, l'intrigue et l'argent des autres. La lionne cependant saurait préserver sa part du festin.

Rasséréné, peut-être, le prince avait toutefois délaissé avant l'aube les douceurs félines de la rue du Cirque.

Les autres conjurés n'avaient guère plus dormi. Maupas s'était rendu aux évidences grinçantes de son ministre et était « allé se coucher », mais cinq heures n'avaient pas sonné qu'il était sur le pied de guerre. Morny, ayant tôt fait de trouver une baignoire ministérielle, s'était dispensé de retourner en sa « niche à Fidèle ». Il avait gardé auprès de lui le jeune Léopold Le Hon, non sans envoyer quelques mots doux à Fanny. Magnan ayant intimé le repos à ses soldats, il en avait pris sa part, mais en chef, le temps d'un quart de veille. Seul Saint-Arnaud se distingua, mais l'on sait quelle vertu tactique il attachait au sommeil...

Paris ne trépidait ni ne bruissait, mais le cœur conservait sa physionomie de la veille. Les barricades que la soldatesque n'avait pas balayées demeuraient, plus ou moins consolidées. D'autres s'y étaient ajoutées. On en comptait à l'aube pas loin d'une centaine, concentrées en ce même trapèze inversé que forment les Boulevards et la Seine, ainsi que le tracé s'évasant des rues Montmartre et du Temple. Au coin ouest de la base de ce trapèze, la « pointe Saint-Eustache », ainsi nommée pour la patte-d'oie qu'au chevet de l'église forment les rues Montmartre et Montorgueil, présentait les plus solides redoutes. Les ayant inspectées dans la matinée, Victor Hugo en donnerait une liste non exhaustive, s'arrêtant à l'une d'elles, « la plus grande, barrant la rue Saint-Denis à la hauteur de la rue Guérin-Boisseau », qui s'élevait presque jusqu'au deuxième étage des maisons contre lesquelles elle s'appuyait. Il en mentionnerait de semblables, rue Maubuée, rue Bertin-Poirée, les agents de Maupas en signalant d'autres un peu plus tard, au moins aussi hautes, sur les Boulevards, non loin de la porte Saint-Denis, et rue Rambuteau, au débouché de la rue Mondétour. En ces quelques points, les barricadiers amateurs de la veille avaient laissé la place à de véritables architectes du coup de sang : de lourdes voitures de livraison ou des omnibus blindés de pavés formaient la base de ces barrages ; leurs extrémités ne manquaient pas de ménager des échappatoires aux fenêtres des maisons d'appui ; des échelles et parfois des ébauches de courtines facilitaient les déplacements des servants... De tels chefs-d'œuvre faisaient cependant exception. Le plus souvent, la riposte républicaine devrait comme la veille se contenter d'ouvrages sommaires.

Alerté, Morny avait pris sur lui d'inspecter le giron immémorial des insurrections – il aurait pu y tomber sur le poète, ils croisaient tous deux dans les mêmes eaux, à quelques minutes près. De retour à l'hôtel de Rothelin, sur le coup de dix heures, le ministre ne semblait pas plus impressionné que cela. Ses collaborateurs le pressèrent de questions, le nombre, la taille, les matériaux, les rues – « Dites ! dites ! » –, puis semblèrent s'effrayer de ce que leur décrivait benoîtement leur chef. « Eh quoi ! badina celui-ci, hier vous vouliez des barricades, on vous en fait et vous n'êtes pas contents ! » Lui-même, quoique fort calme en apparence, ne paraissait pas à proprement parler « content ». Les insurgés ne s'étaient pas découverts, pas « engagés tout à fait » ; ils ne se tenaient pas en grappes vibrantes au pied de chaque barricade, comme s'ils ne voulaient pas offrir à la bouche du canon ce quartier de chair dense à hacher, si prisé des artilleurs. Les ouvrages négligeables étaient désertés, les redoutes les plus fiables à peine mieux garnies. Les récalcitrants auraient-ils donc opté pour une stratégie de harcèlement, tant redoutée, ou s'essoufflaient-ils, tout simplement ?

Au total, on n'aurait pas recensé plus de douze cents émeutiers en armes. Un gros millier de bouches à feu, tout au plus, aux mains de petits-bourgeois pour une bonne moitié, ceux que les agents infiltrés de Maupas nommaient les « habits noirs » ou les « paletots ». Aux côtés des paletots, quelques étudiants, exaltés, bruyants, mais nuls dans la mêlée, des ébauches de héros rien de mieux, des brouillons de l'Enjolras des *Misérables*, de « l'amoureux de marbre de la Liberté », dont Hugo griffonnait encore le profil dans un repli de son âme enfiévrée. Les ouvriers en blouse, il fallait un peu chercher pour les trouver. Cinq cents ? Quatre cents ? Moins, probablement, dont les bras forts déchaussaient les pavés qu'ils avaient parfois eux-mêmes ajustés quatre ou cinq ans auparavant sous la férule du préfet Rambuteau. C'était là tout le parti à saigner. Bien peu de chose, en somme, dans une ville qui, *intra-muros*, avait largement dépassé le million d'habitants.

Cette relative stagnation des effectifs par rapport à la veille aurait pu persuader les conjurés que, oui, finalement, une simple « opération de police un peu rude » aurait suffi à mater la riposte. Elle aurait pu leur suggérer que les sept ou huit morts du 3 avaient produit leur effet dissuasif, qu'on pouvait en rester là. C'eût été dommage, aux yeux clairs d'un Morny ou d'un Saint-Arnaud qui ne pensaient qu'écrasement. C'eût été présomptueux, de surcroît, car, à la différence de la veille, les défenseurs des barricades, aussi dispersés qu'ils fussent, se montraient bien plus déterminés à en découdre.

La tension ne franchit un palier critique que vers onze heures. Outre les habits noirs, plus nombreux, plus déterminés, des gardes nationaux munis de leurs fusils se joignirent aux barricadiers de l'aube. Morny ordonna aussitôt au colonel chef de l'état-major de la garde de mouiller la poudre dans ses dépôts. Des clameurs s'élevaient des amoncellements de débris et de pavés, des cris de ralliement fusaient. Le soleil perçant çà et là sous les nuages bas, des rassemblements se massaient sur les Boulevards, braillards, moqueurs, mais sans intention manifeste. George Sand ne s'en alarma pas moins, et elle prit aussitôt la fuite en compagnie de sa fille Solange, au mépris de l'interdiction faite aux voitures particulières de circuler.

Une soudaine agitation aurait pu trahir un regain d'anxiété parmi les protagonistes du coup. Maupas, tout d'abord, se rendit à l'Élysée en milieu de matinée. Le prince-président laissé sans nouvelles s'impatientait ; il souhaitait un bilan précis de la situation, particulièrement soucieux du loyalisme de la police et de la troupe. Le préfet rendit compte sans s'attarder cependant, prié par son ministre de le rejoindre rue de Grenelle – il n'était pas question pour le prince d'entraver l'action de ses lieutenants. Des échanges entre Maupas et Morny, rien ne filtra. On n'en aurait rien recueilli de bon. Toujours les mêmes griefs, une relative désinvolture dans l'appréciation des instructions ministérielles, et cette fâcheuse manie qu'avait le préfet d'en référer directement au chef de l'État. Une dépêche tira bientôt Maupas du guêpier. Son cabinet le pressait de rallier la préfecture toutes affaires cessantes : de nouvelles barricades se construisant de part et d'autre de la porte Saint-Martin, le faubourg versait tout entier dans la sédition…

Tandis que son préfet filait sous le fouet rue de Jérusalem, Morny courut à son tour chez son demi-frère. Aux interrogations fiévreuses de celui-ci, le ministre impavide retourna son credo de la veille – pas question de hâter le déploiement des troupes, il fallait laisser aux adversaires le temps de concentrer leurs forces pour mieux les écraser – auquel il ajouta un sévère réquisitoire à l'encontre de son préfet de police. La fébrilité de ce dernier, conséquence d'une nature impressionnable, mettait en péril le gain d'une journée cruciale, etc. Ainsi se forgeait une légende appelée à perdurer, opposant un bâtard splendide et flegmatique à un fonctionnaire sous la ligne de flottaison, une véritable légende donc, séduisante, commode, aussi difficile à certifier qu'à infirmer, c'est pourquoi on peine tant à s'en défaire.

Ayant épuisé ses arguments, Morny sortit du bois et réclama purement et simplement la tête de Maupas, poussant même jusqu'à suggérer son remplacement par Fleury tout juste remis de son coup d'assommoir. Comme un saurien arraché à ses rêveries, Louis Napoléon lui tira une langue verte. Il réitérerait son refus par une dépêche sans équivoque : « J'ai trouvé les explications du préfet de police parfaites et je suis décidé à le garder. » Pour être souple, non pas complètement dépourvu de principes, mais habité de principes *modulables*, Morny n'en gardait pas moins la tête dure. Il reviendrait à la charge dans le courant de l'après-midi, et cette fois proposerait directement la botte à Fleury :

— Mon cher ami, prenez donc la préfecture de police ; à nous deux et avec Saint-Arnaud, nous en aurons bientôt fini de tout cela.

— Je ne me sens pas disposé à troquer mes épaulettes contre la position de préfet de police. Je n'ai nulle envie de jouer le rôle de Rovigo*.

Et Fleury de vanter incontinent « l'habile fermeté » et « l'intelligence rare » du fonctionnaire qu'on lui demandait de remplacer. Cet éloge tomberait comme le sel sur les gerçures, et contribuerait, tout autant que les refus successifs du prince, à creuser le fossé qui séparait le ministre de son subordonné. Leur relation, dès lors, se bornerait aux figures obligées d'un duel de cour d'école.

En milieu de journée, l'agitation croissante prit un tour nettement insurrectionnel. Peu après midi et demi, Maupas brossait à son ministre ce constat alarmant : « Les barricades augmentent à vue d'œil, l'insurrection n'avait point, depuis trois jours, pris autant de développement et d'importance qu'elle a en

---

* Anne Jean Marie René Savary (1774-1833), duc de Rovigo, avait été, entre 1810 et 1814, ministre de la Police de Napoléon Ier. Il s'était illustré en commandant le peloton chargé d'exécuter le duc d'Enghien, et, une fois ministre, ridiculisé lors de la conspiration du général Malet.

ce moment. Les insurgés sont maîtres de la rue Saint-Denis, de la rue Greneta, du carré Saint-Martin et des points adjacents. Une barricade, sur le boulevard, a atteint la hauteur d'un deuxième étage. L'heure de la répression a sonné, il n'y a pourtant pas de troupe, ou ce qu'il y a est insuffisant. Je crois, à n'en pas douter, qu'un plan d'attaque de la préfecture sera mis à exécution. Nous sommes prêts, solides et résolus. » On sait quel cas Morny faisait de la « solidité » et de la « résolution » de son préfet ; quant aux renforts prêtés de toutes parts aux « insurgés », n'était-ce précisément pas ce qu'il espérait ? Morny ne tiendrait aucun compte des avertissements de cette sorte.

L'inquiétude gagnait cependant. Les Boulevards ne désemplissaient pas. Les attroupements s'y multipliaient, ceux de la matinée grossissaient... On circulait mal sur les trottoirs ; la chaussée elle-même était envahie puisque aucune voiture, aucun cavalier n'y paraissait. La rumeur de mille et mille poitrines prenait du coffre. Après avoir prêté leur voix au chahut, les riverains s'en alarmaient. La plupart des vitrines ne présentaient que des volets fermés. « Mais que fait la police ? », s'interrogeaient, comme de toute éternité, les boutiquiers claquemurés. Le commissaire du quartier Saint-Denis crut bon d'en alerter Maupas : « Les honnêtes gens se plaignent amèrement de l'abandon dans lequel le gouvernement les laisse. » Morny saisit là un prétexte pour admonester son subordonné ; comble de raffinement, il le fit par l'intermédiaire du fils de sa maîtresse, Léopold Le Hon, un blanc-bec qui l'avant-veille encore ne rêvait que jarretières et nœuds de cravate : « Il est on ne peut plus urgent de prévenir par des mesures énergiques [...] la formation de ces mêmes groupes qui, avant-hier et hier, ont couvert le boulevard des Italiens. Il [le ministre] vous demande de lui donner l'assurance du concours énergique et actif des commissaires de police de ces sections [...] et de procéder à des arrestations assez nombreuses. »

Il est vrai que, sans soldats à leurs côtés pour donner quelque crédit à leurs injonctions, les agents de Maupas ne pouvaient rien contre les attroupements. Or l'armée demeurait obstinément l'arme au pied. Pire, Magnan fit évacuer la préfecture de police par le 19e régiment de ligne et les quelques pièces d'artillerie qui en assuraient jusqu'ici la protection. Soudain, Maupas ne disposait plus que de quelques gardes nationaux dont on craignait tant les volte-face. Sous les yeux incrédules de Persigny, porté là au gré de ses incessantes navettes, la préfecture fut parcourue d'un vent de panique. La populace était sur le point de manifester sous ses fenêtres, et Magnan refusait obstinément l'aide qui lui était réclamée. Prenait-on à ce point Maupas pour un polichinelle ? Vers trois heures, cependant, les bâtiments de la rue de Jérusalem étaient assiégés et Maupas suppliait Magnan : « Je suis toujours sans force et cerné par l'émeute. C'est à n'y rien comprendre... » Encore quelques minutes et l'on se battrait dans les cours, le préfet ne songeant alors qu'à la sécurité de sa famille, barricadée – elle aussi – dans les appartements privés. Mais les combats ne s'éterniseraient pas, les colonnes du général Magnan ayant enfin amorcé leur mouvement convergent vers le principal nœud de résistance...

Car l'ordre était tombé, à une heure, pas une minute avant ni après. Lentement, cavaliers et fantassins prirent position, avec à leur train des batteries d'artillerie. Si la rive gauche ne mobilisa qu'une division, la rive droite, elle, vit déferler en bon ordre une véritable armée de campagne. Cantonnée par brigades à Vincennes, à la Bastille et à l'Hôtel de Ville, une deuxième division fit mouvement vers le faubourg Saint-Antoine et, un peu plus au nord, le quartier du Temple. Dans le même temps, celle du général Carrelet, de loin la plus nombreuse, jusque-là positionnée entre la Concorde et les Invalides, parachevait par l'ouest l'encerclement du trapèze rebelle. Ses brigades d'infanterie de ligne, Bourgon en tête, puis de Cotte, Dulac et Canrobert, serrées de près par les lanciers du général Reibell, débouchèrent sur les Boulevards à deux heures précises, les unes par la place de la Madeleine, les autres par la rue de la Paix. Une brigade de réserve s'était quant à elle glissée depuis le Louvre jusqu'à la Pointe-Sainte-Eustache.

À ce défilé des jours de parade il ne manquait pas une fourragère ni un toupet au shako. Reposés par une longue nuit de sommeil, bien nourris et chaudement vêtus, les soldats marchaient d'un pas ferme, convaincus de la légitimité de leur intervention. Les plus jeunes, cependant, redoutaient la guerre de rue, traîtresse par nature et sans gloire, tandis que leurs aînés ressassaient les horreurs de Juin ou les errements de Louis-Philippe, voire de Charles X. Saint-Arnaud avait préparé son monde à une âpre lutte : chaque fantassin emportait quatre-vingts cartouches dans sa giberne. L'avait-il gavé d'eau-de-vie, comme l'affirmeraient les chroniqueurs républicains ? Certainement pas ; tout juste avait-il ragaillardi le troupier d'une double ration de vin ; plus, c'eût été compromettre la manœuvre. Une manœuvre lente, tout au moins aux yeux du préfet Maupas. Ce dernier aurait souhaité qu'on pressât le pas ; c'était lui qui désormais réclamait le canon : « La situation est tout à fait grave. Les insurgés occupent certaines mairies et les boutiquiers leur livrent des armes. Laisser grossir maintenant la révolte serait un acte de haute imprudence. Voilà le moment de frapper un coup décisif. Il faut le bruit et l'effet du canon, et il les faut tout de suite... » À cette dépêche, Morny ne daigna même pas réagir. « Le bruit et l'effet du canon », il n'espérait que cela, mais le plus tard possible. Il fallait selon lui que les bonnes gens prissent peur, c'est cela, que le « parti de la peur » n'oubliât jamais les horreurs d'une guerre civile, et moins encore ses dommages pour la propriété privée. Qu'il se trouvât des gants-jaunes pour protester du côté de la chaussée d'Antin, notoirement orléaniste, le confortait dans son attentisme.

Or la troupe bouchonnait toujours sur les Boulevards. Sa colonne mécanique s'y frayait un passage comme en un canyon submergé, roulée par des flots épais. Les officiers de paix des parages pouvaient certes se réjouir en des termes sans équivoque : « Depuis la présence de la force armée, les habitants paraissent reprendre courage... » La foule n'en demeurait pas moins nombreuse ni moins turbulente. Il semblait que tout Paris se fût donné le mot.

Qu'il y eût foule sur les Boulevards, cela ne changeait guère de l'ordinaire. En faisant abattre les vestiges de l'enceinte médiévale deux siècles auparavant, Louis XIV avait voulu créer un lieu de promenade, arboré, aéré, propice aux loisirs et aux célébrations... Il en était ainsi depuis lors, et avec une faveur nouvelle depuis la Restauration. Le boulevard Montmartre et celui des Italiens, notamment, débordaient de théâtres et de commerces de prix ; restaurants et cafés s'y poussaient du coude. À leur jonction, le débouché de la rue de Richelieu offrait un spectacle charmant. Élégantes et gandins y mondanisaient, disposant pour leurs pavanes codées de terrasses de cafés fort courus. Se succédaient là, bord à bord, leur terrasse exposée au sud, le Café de Paris, Tortoni, la Maison dorée, le Café Riche, étape hautement gastronomique et gîte favori des jeunes frères Goncourt... Leur faisaient face la maison de « nouveautés », d'« articles de Paris », La Petite Jeannette, ainsi que le Café Anglais, très prisé d'Eugène Sue. Plus loin, le magasin d'un insigne lissier d'Aubusson, Sallandrouze, occupait l'orgueilleux hôtel de Montholon.

Les boutiquiers avaient mis les volets aux vitrines mais restaient derrière, au cas où ils auraient eu à défendre leur marchandise contre des pillards. Les cafés, quant à eux, n'avaient pas désempli de la matinée, jusqu'à ce que la préfecture, sur ordre du ministère, les contraignît à fermer, injonction interprétée le plus souvent comme un avertissement et non un ordre. Partout placardé, au tronc des arbres, aux devantures fermées, un nouvel arrêté de Saint-Arnaud avertissait les badauds que « tout individu, quelle que soit sa qualité, qui sera[it] trouvé dans une réunion, club ou association tentant d'organiser la résistance au gouvernement » serait sans délai déféré devant le conseil de guerre. Mais que valait cet avertissement quand on se pressait si fort que l'on ne pouvait rien lire, et que ceux qui le brandissaient avaient tourné le dos à la prévention, ne jurant que par la répression ?

Sur les Boulevards, comme à la revue, la cavalerie faisait toujours recette. Le fracas des fers sur le pavé excitait les cœurs, comme le cliquetis des bélières et des breloques contre les cuirasses. Et puis, c'était un régal pour le regard. Le prince-président, ébloui par le souvenir des coursiers de son exil londonien, avait pressé les services de remonte de doter les unités de grands chevaux, élancés mais nerveux, des monstres comme on n'en avait jamais vu… Leur robe moirée écumait en dépit de la froidure, et leurs naseaux vermillon fumaient si fort qu'une brume stagnait dans leur sillage et noyait le chiffre de la République, dont étaient brodées au fil d'argent les fontes et les chabraques. Il n'y avait que des surhommes pour monter ces bêtes-là ! Ils ne faisaient qu'un avec elles. C'était cela, des centaures ! Mais aux couleurs du paradisier, et dont l'éblouissante coulée ondulait au rythme de foulées bien marquées. Après une matinée longtemps vaseuse, un franc soleil prenait en ligne le boulevard des Capucines et celui des Italiens. Les cimiers en acier poli, à chenille écarlate pour les carabiniers, à tout crin pour les cuirassiers, jetaient leur feu, tandis que dansaient les czapskas des lanciers, toujours vêtus à la polonaise, cordons flottants et kourtkas à plastron clair, le tout d'un exotisme fou. Du rouge, du vert, du jaune, les ors… la palette des livrées aboyait sous le soleil.

Comme leurs mères, les enfants raffolaient de ce genre de déploiement. Et c'était jeudi, quelle chance ! On les promenait au grand air tandis qu'au ventre du poulpe la fusillade crépitait. Celle-ci, le vacarme du défilé la couvrait, on n'en avait cure.

À l'inconscience des badauds, de ces familles de petits-bourgeois bras dessus bras dessous, se mêlait l'effronterie des gants-jaunes, une jeunesse mâle moins étriquée, parfois studieuse, que l'on nommait ainsi pour les gants de chevreau beurre frais qu'elle chaussait à tout propos, avant d'empoigner un jonc à pommeau d'ivoire ou la taille de sa pimprenelle… Ceux-là criaient aux prétoriens leur forfaiture, scandaient des « Vive la République » qui, cette fois, disaient tout de leur hostilité. Aucun n'était armé. Pas un ou presque ne se serait risqué au combat de rue. Pas plus que les bourgeois qui se massaient à leur balcon, penchés au point de basculer pour évaluer au loin la longueur du cortège…

Le défilé n'en finissait pas, en effet ; combien d'hommes pliés à la cadence métronomique de la force brute ? Vingt mille, peut-être. De temps à autre, une compagnie de la ligne ou un escadron bifurquait sur sa droite, au débouché d'une rue étroite. Leurs soldats s'engouffraient dans le trapèze des barricades avec une détermination de buffle. Ces manœuvres, quoique parfaitement réglées, brisaient la cadence. L'éclatante colonne marquait le pas ; elle piaffait et se laissait admirer au milieu des huées, plus audibles maintenant qu'elle s'immobilisait.

Quelle heure pouvait-il être ? Trois heures ? Un peu plus ? Une montre fracassée, ramassée à la nuit tombée, marquerait encore quatre heures moins le quart. Quelle importance, après tout, puisque nul n'entend jamais sonner le gong du quadrille des fous. Car, oui, soudain, ce ne fut que pure folie !

La batterie de la brigade de Bourgon venait de bombarder la barricade qui barrait sur toute sa largeur le boulevard de Bonne-Nouvelle. La canonnade n'avait pas fait de victimes ; les défenseurs de l'ouvrage s'étaient égaillés à la première menace. Ravis de ce spectacle à peu de frais, les curieux tendaient des cous de tortue à l'appui des fenêtres.

Claqua un coup de feu. Tiré par qui ? D'où ?

La foule ne comprit pas. Les unités exécutèrent un quart de tour et, « par échelon », croirait bon de préciser Canrobert, lâchèrent leurs salves, un feu roulant, bientôt, qui « se propagea, et, après avoir été suspendu, descendit le boulevard comme un rideau de flamme ondulant », témoignerait plus tard le capitaine William Jesse, dans un compte rendu au *Times* aussi précis que discutable. Les balles, néanmoins, fauchèrent les badauds dans leur béatitude. Des corps s'affalèrent, par dizaines, c'est certain, tandis que des volées de fugitifs affolés tambourinaient aux portes closes et aux devantures aveugles. Sur le boulevard Montmartre et sur les Italiens, on chercha refuge dans les cafés, mais, dociles, beaucoup avaient fermé. Quant à ceux qui étaient restés ouverts, on se ruait à leur porte, on s'y piétinait, au risque d'étouffer son épouse, son propre frère. Et le feu roulait. Par endroits, le canon à mitraille lui prêta sa voix hoquetante, couchant du monde en giflant les façades. Celle du Café Anglais en fut déchiquetée. À l'arrière-garde, les chevaux des lanciers ruaient, se pointaient, cabriolaient… Plus un cavalier ne les tenait. Les pelotons de gendarmes mobiles qui les appuyaient mirent pied à terre et, oubliant leurs montures, tiraillèrent à leur tour. Au pied des maisons, les blessés s'agenouillaient dans leur sang. Et dans le rougeoiement mordoré d'un crépuscule d'hiver, les pennons des lances dansaient comme des canards sans tête.

Un quart d'heure, il n'en fallut pas moins pour que les officiers parvinssent à faire taire les armes. Mais à peine le silence s'était-il fait que des unités partirent à l'assaut des immeubles où, présumait-on, des fauteurs de troubles s'étaient retranchés. Ainsi la fameuse maison Sallandrouze fut-elle forcée et saccagée, son personnel molesté.

« On sabre et l'on tue tout le monde ; les canons font un horrible effet au milieu de cette foule qui ne sait où se réfugier, entourée comme elle l'est de tous les côtés, rapporta Apponyi bien qu'il n'eût pas mis les pieds sur les lieux mêmes de la fusillade. Le carnage a été épouvantable. » Il crie fort son épouvante, ça oui ! mais celle-là, on la lui rapporte, il s'en contamine aux propos des autres, et il avouerait plus bas dans son journal qu'on avait colporté beaucoup de fadaises ce soir-là, à propos des destructions, notamment, de l'effet du canon. Ses remarques, néanmoins, résumaient l'impression générale, qui pour l'éternité resterait celle d'une « boucherie » gratuite, d'un péché originel hypothéquant le règne à venir.

Mais qui donc avait tiré ? Qui avait donné le signal de la tuerie ?

On appuya l'hypothèse d'un tirailleur embusqué sous les combles d'un immeuble donnant sur la porte Saint-Denis, puis d'un autre à la fenêtre d'une maison de la rue du Sentier. La brigade Canrobert piaffait précisément au débouché de cette voie ; le général affirmerait que son trompette avait fait les frais de ce premier coup de feu, mais son témoignage resterait isolé.

De l'autre bord, on eut beau jeu de crier à la provocation, au tir intentionnel, programmé, d'un agent mêlé aux badauds. À cette accusation instantanée des opposants républicains on préféra le plus souvent opposer l'inconséquence d'une jeune recrue qui, ballottée dans la marée humaine, lasse des injures, aurait lâché un coup en l'air. De là, il fut aisé d'affirmer que la panique avait gagné les rangs et de construire la thèse d'un déchaînement spontané. Celle-ci présentait cet avantage qu'elle disculpait les chefs de tout commandement sanguinaire, ou même d'avoir ordonné une riposte disproportionnée. Des témoignages firent état d'efforts désespérés afin que cesse le feu, mais, à de rares exceptions près, ils émanaient d'officiers...

Reste la relation très vivante, *vécue* mais brève, du capitaine William Jesse. Il se souviendrait, dans les colonnes du *Times*, de décharges de mousqueterie si régulières qu'il les prit « d'abord pour un feu de joie en réjouissance de la prise de quelque barricade, ou bien destiné à indiquer la position des troupes à quelque autre division ». « Il m'était impossible de découvrir aucun ennemi sur lequel on pût faire feu », ajouterait-il, mais il identifia très nettement un soldat,

« un coquin plus vif que les autres, un tout jeune homme sans favoris ni moustache » qui l'ajustait. Sa conclusion ne laisserait place à aucun doute : « Il faut que cette fusillade de gaieté de cœur ait été le résultat d'une panique [...] ou qu'elle ait été le résultat d'une impulsion sanguinaire. [...] À titre militaire, c'est avec le plus profond regret que je me sens forcé d'admettre la dernière opinion. » Seulement, depuis la fenêtre de sa chambre d'hôtel, il n'en avait pas vu autant qu'il le prétendrait, puisque, de son propre aveu, il avait à la première détonation plaqué son épouse au sol et, comme elle, était resté cloué face contre terre, tandis que les balles crépitaient contre toute la façade. L'orage passé, il s'était prudemment tenu dans une chambre sur cour jusqu'à la nuit...

Hugo également voudrait avoir vu. *Histoire d'un crime* laisse penser qu'il était là, précisément là, parmi les badauds affolés.

« J'ai vu cette pluie de la mort aveugle. J'ai vu tomber autour de moi, en foule, les massacrés éperdus. » Non, le poète ne les vit pas. Il ne vit pas ceux-là. Juliette Drouet qui l'accompagnait se souviendrait d'avoir perçu le tumulte, mais de loin. Toute la journée du 4, Victor Hugo aura parlementé, aura inspecté. Erré. Le matin, il avait fait promettre à un barricadier de l'aller chercher au premier coup de semonce. Ce que celui-ci ne fit pas. Ou peut-être le fit-il, sans trouver son homme.

À l'instant de la tuerie des Boulevards, le poète se trouvait en bas de la rue de Richelieu. On l'empêcha de s'approcher, il se serait fait prendre et l'on tenait à lui. Car s'il ne ferraillait pas, Hugo exerçait un indiscutable ascendant. Sa présence et son verbe enhardissaient les plus tièdes, ceux des élus républicains, par exemple, qui auraient voulu attendre pour agir une levée en masse de plus en plus hypothétique – il y a ceux pour qui, se battre, c'est s'agiter, et ceux pour qui, la guerre, c'est attendre. On se promettait toutefois de périr en héros ; la liberté ou la mort, on faisait semblant d'y croire, puisque c'était Hugo qui jurait. Plus tard dans l'après-midi, on le conduisit encore rue Tiquetonne, vers les Halles, auprès d'une grand-mère qui tenait sur ses genoux le corps abandonné d'un enfant tué. Cela, oui, il le vit. Les barricades du matin, oui, ils les avaient vues. La foule massacrée, non, sans doute. Alors, qui croire ?

Maupas fit immédiatement enlever les corps qu'il fit déposer cité Bergère. Combien y en avait-il ? Difficile de fixer leur nombre, ces victimes-là étant rarement dissociées du bilan général du coup d'État. Un rapport de la préfecture de police enregistrerait cent quatre-vingt-onze victimes, mais ce serait pour les trois jours d'émeute à Paris, tout comme les trois cent quatre-vingts civils tués mentionnés peu après par *Le Moniteur* (auxquels le journal ajouterait vingt-six soldats). Alors, combien ? Trente-cinq ou quarante cadavres gisant sur le trottoir, selon les témoignages les moins partiaux, mais pour combien de blessés, morts à leur domicile le lendemain ou le jour d'après ? Toujours trop, bien entendu, mais pas aux yeux de tout le monde.

Maupas adressa aussitôt à Magnan ce commentaire satisfait : « [...] la leçon a été sévère, il faut que ce soit la fin et ne plus laisser reprendre l'offensive ». Mais alors les Boulevards fumaient encore et l'on gémissait de douleur sur leurs trottoirs. Peu après, lorsqu'il apprendrait l'ampleur de la tuerie, le préfet nierait toute implication dans le déclenchement et la conduite de l'opération. Cela équivalait à en reporter la responsabilité sur les chefs, à commencer par les ministres. Or ni Morny, un cynique, ni Saint-Arnaud, un Africain, ne cillèrent. Après tout, cette bourrasque d'effroi, n'était-ce pas ce qu'ils désiraient ? Cette volonté de frapper les esprits, de glacer les élans, Odilon Barrot, un ancien ministre louis-philippard, l'avait instantanément perçue : « Cet égorgement n'est point le résultat d'une méprise [...]. Il fallait un peu de terreur, ne serait-ce que pour grossir l'événement. » Et « grossir l'événement », c'était à coup sûr (?) se rallier le parti des tièdes ou, plus précisément, celui de la peur, peur des coups, peur des rouges, peur du chaos...

L'usage prophylactique de la terreur, fort bien rodé depuis 1793, ne perdait rien de son efficacité, si l'on s'en remet aux agaceries de Mérimée, l'auteur de *Colomba*, pourtant, le sauveteur de tant de chefs-d'œuvre dévastés : « Nos rouges ont reçu une raclée solide et les badauds quelques éclaboussures qui les obligeront à l'avenir à se tenir tranquilles chez eux. » Maupas lui-même le concéderait : « La terreur dans une insurrection est incontestablement la force la plus puissante. » Et ce principe, Saint-Arnaud l'appliquait dans toute sa rigueur, remontant ses bretelles au colonel de Lourmel, par exemple, coupable de faire des prisonniers ou, pire, de laisser fuir les défenseurs des barricades enlevées au chevet de Saint-Eustache.

La terreur, cependant, n'est jamais aussi vive que lorsque les fusils des réguliers se retournent contre des badauds. Que des barricadiers meurent les armes à la main, parmi les pavés qu'ils avaient eux-mêmes déchaussés, cela passe encore pour dommage acceptable. Il y a en Europe, au milieu du XIXe siècle, beaucoup de fatalisme face à la mort. Et cette acceptation de la perte ou du sacrifice, même latente, Hugo l'évoquerait lui-même dans *Histoire d'un crime*, à travers le personnage d'un gamin de quatorze ans, avatar ou préfiguration de Gavroche, qui, n'ayant plus ni mère ni père, court à la barricade fatale parce que, après tout, « autant ça qu'autre chose ».

À Paris comme ailleurs, la mort reste une compagne de tous les jours. Le chantier, l'atelier, l'épidémie, la rue elle-même fauchent des vies (les « accidents de voiture » ou les enfants écrasés par des charrois ne se comptent plus). On ne « disparaît » pas alors, on ne « décède » pas, on ne « quitte » pas les siens, on *meurt*. La mort occupe les esprits. Et la violence, récurrente, les excite. Cette dernière est devenue une plaie sociale. La rudesse des rapports de classe y tient sa part : quand on n'a rien à perdre, quand le monde reste sourd aux cris de détresse, on n'a plus pour frapper que ses bras et les outils auxquels le profit des maîtres les a enchaînés. Mais une telle âpreté n'explique pas tout.

Autant qu'un demi-siècle d'insurrections, à Paris, bien sûr, mais aussi à Lille, à Roubaix, à Lyon, vingt-cinq années ininterrompues de guerres révolutionnaires et napoléoniennes ont accoutumé la société à l'affrontement meurtrier. Celui-ci s'est insinué dans les mœurs.

Trente-cinq ans plus tard, l'accoutumance demeure. La paix recouvrée a rendu au pays des centaines de milliers de vétérans, injustement déconsidérés. De rage, de dépit, ils se sont enfermés dans leurs habitudes de soudards. On bourrait de coups la femme indocile, on la frappait, tout simplement parce qu'elle se trouvait là ; on règle maintenant ses mécomptes au sabre, à la baïonnette, pourquoi pas ? On ne s'est jamais tant battu en duel. Et battu à mort. Pour être raffinée, la haute société n'en conserve pas moins des réflexes de bretteurs. Et parce qu'elle reste prescriptrice de comportements, le duel se répand dans toutes les classes de la société. On tire l'épée sur le glacis des casernes et dans les cours d'auberge, on sort les pistolets du coffret à la moindre chicane de tripot. L'honneur a moins sa part là-dedans que « l'impulsion sanguinaire ».

Et puis, il est, comme ça, des vents dans l'histoire qui installent la violence dans les sociétés les plus policées. Des guerres ou des révolutions y aident, mais n'en sont pas nécessairement la cause. Paradoxalement, cette cause, il faut aller la trouver dans un excès de paix, dans une orgie de quiétude. Soudain, sous le soleil languide, une génération se lève, pourrie de civilisation, qui, découvrant sa vacuité – elle se dit alors « sacrifiée », la linotte –, se révolte contre elle-même et se déchaîne en brutalité. Un climat de tension associé à l'inexistence légale d'organisations protestataires l'agglomère parfois à des sociétés secrètes – on dira plus tard des groupuscules, ce qui vaut toujours mieux que des « bandes », surtout présentées comme « rivales ». Qu'y cherche-t-elle, cette jeunesse rêveuse et brutale ? Elle ne cerne pas toujours l'idéal qu'elle aimerait empoigner. Peut-être ne cherche-t-elle qu'à tromper l'ennui.

« La France s'ennuie », prédisait Lamartine, lors d'un banquet, en 1847. Il ne faisait là que raccourcir ce constat professé à la Chambre huit ans plus tôt : « La France est une nation qui s'ennuie. » C'est dire l'enracinement du malaise, l'étendue du terrain favorable au déchaînement de la violence ! Car de quoi s'ennuie-t-elle alors, la France ? De ne plus se battre. Elle se languit faute d'adversaires à souffleter. Elle n'en peut plus du nanisme diplomatique auquel la relègue depuis trente-cinq ans le traité de Vienne. Sa jeunesse n'aspire qu'à l'aventure, et ne rêve que de gloire à l'ombre des étendards. Et le nimbe héroïque du souvenir napoléonien ne fait qu'exciter son fantasme.

Les campagnes d'Afrique auraient pu étancher cette soif. Tout au moins auraient-elles pu déplacer le grabuge, le confiner à d'autres horizons, comme autrefois les croisades avaient détourné la chevalerie de ses guerres picrocholines. Ce fut tout le contraire. Elles ne contribuèrent qu'à banaliser la violence.

Déclenchée en 1830 par un incident diplomatique d'opérette, et justifiée par des élans humanitaires dépassés – l'anéantissement de la piraterie et de la traite des chrétiens –, la conquête du territoire de la Régence d'Alger déversait sur le littoral nord-africain une armée toujours plus nombreuse. Une progression difficile avait livré à elles-mêmes des unités mal préparées, leur commandement se débattant parmi d'infinis atermoiements politiques. Une guerre de partisans ne se mène pas en gentilhomme. Tout juste débarqué, le pioupiou du Maine ou du Berry se trouvait confronté à des formes de représailles propres à l'épouvanter. Mais, après avoir découvert au gré d'une contremarche quelque compagnon d'arrière-garde les testicules entre les dents – ou au fond d'orbites énucléées, pourquoi pas ? le mauvais œil, en quelque sorte –, le soldat français ne repartait pas chez lui la peur au ventre, non. Il adoptait les usages du pays conquis. Il prit donc l'habitude de rapporter à ses officiers les têtes des combattants qu'il avait tués. Puis, plutôt que les têtes, trop lourdes suspendues au havresac ou à la selle, il n'en rapporta que les oreilles. Cet infatigable épistolier que fut Saint-Arnaud avait adressé à son épouse ce petit chef-d'œuvre de triomphalisme sucré : « On a tué plus de deux cents Kabyles. Le camp est plein d'armes et d'oreilles. » De quoi ravir l'âme d'une jeune femme languissante, assurément. Plus précis, la même année, il écrivit à son beau-père : « Je me suis battu presque tous les jours, de cinq heures du matin jusqu'à sept heures du soir ; j'ai laissé sur mon passage un vaste incendie. Tous les villages, environ deux cents, ont été brûlés, tous les jardins saccagés, les oliviers coupés. » Se trouve dans ce billet, condensée en peu de mots, toute la méthode employée par les conquérants : la razzia.

Les razzias ne furent pas l'expédient d'unités errantes, éloignées de leur commandement, mais le fruit d'une stratégie élaborée par le plus brillant des officiers français, Lamoricière. Nul autre que ce polytechnicien de grande culture ne connaissait aussi bien les coutumes africaines et les variations sémantiques de l'arabe tribal. Ayant donc exposé que les tribus vivaient essentiellement de leur activité agricole et pastorale, il imposa cet axiome qu'il suffisait de les ruiner économiquement pour les soumettre militairement. D'où cette guerre de colonnes infernales, dûment théorisée, qui ne laisserait que cendres des douars, couperait à ras les palmeraies et les jardins d'oliviers, et décimerait les troupeaux.

En France, les députés libéraux ou progressistes auraient pu tiquer. Eh bien non ! De retour d'un voyage d'étude en Algérie – au cours duquel il avait rencontré Saint-Arnaud –, Tocqueville en personne avait apporté sa caution aux razzias : « J'ai souvent entendu en France des hommes que je respecte, mais que je n'approuve pas, trouver mauvais qu'on brûlât les moissons, qu'on vidât les silos, et enfin qu'on s'emparât des hommes sans armes, des femmes, des enfants. Ce sont là, selon moi, des nécessités fâcheuses, mais auxquelles tout peuple qui voudra faire la guerre aux Arabes sera obligé de se soumettre. »

Le fatalisme un rien désabusé de Tocqueville ne trouverait pour le secouer que l'indignation de Lamartine : « S'il peut être permis à des peuplades barbares, sauvages, qui n'ont ni les lumières de notre religion, de notre civilisation, ni la puissance de notre gouvernement, ni la discipline de nos armées, de se faire mutuellement ces guerres de chacals, ces guerres de lions, qu'on appelle razzias dans le vocabulaire de l'Afrique, un général à la tête de cent mille Français, un général [...] éclairé par les lumières de la civilisation moderne [...] qui croirait s'excuser par ce mot : "La guerre est la guerre !" et qui pourrait imiter la guerre féroce et barbare de ces peuplades indisciplinées et sauvages, serait un général qui ferait accuser son pays de rétrograder vers la barbarie. »

Mais si le verbe du poète valait une palme, l'assentiment du penseur de la démocratie valait toutes les palmeraies du Maghreb.

Ne retenant que Tocqueville, Lamoricière recommanda d'assortir la stratégie de pillage d'un « intéressement » individuel sur les prises, calculé en fonction du grade. On songe au vase de Soissons. Du reste, le maréchal Bugeaud ne cherchait pas plus loin lorsqu'il réclamait à la Chambre « une grande invasion semblable à ce que faisaient les Francs, à ce que faisaient les Goths ». Lamoricière, cependant, ne limitait pas ce partage des dépouilles à sa seule connotation archaïque. Outre un profit immédiat – une pulsion barbare, ça, peut-être –, cette rémunération invitait le troupier à la prouesse, tout au moins à l'exemplarité, moyen idéal de prendre du galon… et d'accroître sa part du butin. C'était finement distillé. Seulement, l'effet produit s'ajustait rarement aux spéculations de l'état-major. Au lieu de héros disciplinés et aguerris, une telle guerre de course ne produisit que des pirates, au mieux des trafiquants, tous animés d'une froide cruauté. Canrobert s'en émut dès janvier 1842 auprès du général de Castellane, bientôt gouverneur militaire de Lyon et, accessoirement, père de la craquante marquise de Contades : « Ces opérations qui, je dois l'avouer, sont d'une grande ressource pour les approvisionnements de l'armée, sont, sous le point de vue militaire, du plus fâcheux effet. Le soldat, mal ou pas surveillé, excité d'ailleurs par l'appât du pillage, se livre aux excès les plus grands qui vicient singulièrement son caractère. » Mais que valaient les jérémiades d'un chef de bataillon, quand le trafic alimenté par les prises de razzias faisait la fortune de tant de monde, y compris parmi les Arabes ? Y compris Saint-Arnaud lui-même ! qui, de la part de Changarnier, son supérieur à Blida, s'était attiré ce rapport accablant : « M. de Saint-Arnaud avait détourné à son profit une partie des prises et s'était entendu avec des brocantes, des bouchers et des maquignons pour les vendre »...

Dans quel état d'esprit rentrait-il au pays, le soldat français, habitué à s'enrichir par le sang ? Rompu au viol, au vol, au recel ? Corrompu par un contexte général d'anarchie crapuleuse ? Accoutumé au meurtre légal ? Légal, parce que, tuer pour dépouiller, c'était la consigne ?

Ce furent ces Africains que la République à peine instaurée appela à son secours. Ce fut bien Cavaignac, secondé par Lamoricière, qui culbuta comme des Bédouins les émeutiers de Juin. Tous ces chefs tannés au vent du désert, ces matamores du club des « généraux de l'Assemblée », Louis Napoléon ne les aimait pas. Il avait pour l'Algérie conquise et ses habitants d'autres desseins qu'une lancinante mise à sac. Il lui faudrait du temps, peut-être, mais il s'y pencherait, entreverrait la citoyenneté, l'association des communautés... Mieux, il ferait libérer Abd el-Kader. En définitive, à ses yeux, les « Africains » de l'Assemblée ne connaissaient rien à l'Afrique. Et puis, quoique d'opinions politiques variées, du légitimisme de Changarnier au républicanisme de Cavaignac (même Le Flô, questeur de l'Assemblée pourtant, se proclamait orléaniste), tous avaient marqué leur opposition au parti de l'Élysée. Pour son coup, le prince-président leur avait préféré les seconds couteaux, Espinasse, Canrobert, Pélissier, Lourmel, mais aussi Fleury ou encore Morny, qui, brave au combat, avait jadis sauvé la vie de Changarnier, tous ceux-là, sans exception, ayant été placés à un moment ou à un autre sous les ordres des précédents. Et pour chef, il leur avait choisi celui-là même qui s'était le plus délecté du contexte hyperviolent de la conquête, Saint-Arnaud.

Tout brave et fringant qu'il fût, Saint-Arnaud portait en lui le péché originel. Comme un noble cadet d'Estrémadure contraint de courir les océans pour ne pas peser sur sa fratrie famélique, il lavait à grands coups d'expédients la gêne d'avoir été pauvre parmi les riches. Et prêt à tout pour conjurer la vindicte des créanciers, des maris trompés, des supérieurs excédés, il avait en toute bonne conscience perpétré le forfait le plus odieux imputable à l'armée de conquête.

Saint-Arnaud n'aimait pas l'Algérie – « un gueux de pays sur lequel le bon Dieu n'a jamais jeté un regard de miséricorde ». Quand à la guerre sale, il s'y entendait. Il savait qu'elle se mène en sourdine. Or, en 1845, les députés s'étaient bruyamment émus d'une sale affaire. Un lieutenant-colonel, Pélissier, s'était targué d'avoir acculé une tribu rebelle au fond d'une caverne, guerriers, familles et animaux confondus, puis d'avoir accumulé des broussailles à l'entrée de ladite grotte et, enfin, d'y avoir mis le feu. Sept cents personnes, dont des enfants, des femmes et des vieillards, avaient péri asphyxiées, et parfois même piétinées par le bétail affolé. La question des « enfumades » avait secoué le pouvoir. À la tribune, Montalembert en avait vibré de toute sa foi catholique : « Je vous demande s'il ne doit pas y avoir un sentiment unanime d'horreur ! »

Ce même dégoût des *civilisés*, toujours, qu'exprimait Lamartine à propos des razzias...

Ce fut donc en toute discrétion qu'un an plus tard, ayant découvert une tribu rebelle réfugiée dans une grotte, à Aïn Merane, Saint-Arnaud l'emmura vivante. Il inaugurait un procédé, « l'emmurade », mais lui ne s'en vanta pas, sinon dans un rapport confidentiel à Bugeaud et une lettre à son frère : « Je fais boucher hermétiquement toutes les issues et je fais un vaste cimetière. La terre couvrira à jamais les cadavres de ces fanatiques. [...] Personne n'est descendu dans les cavernes. Personne que moi ne sait qu'il y a dessous cinq cents brigands qui n'égorgeront plus les Français. Un rapport confidentiel a tout dit au maréchal, sans poésie terrible ni images. Frère, personne n'est bon par goût et par nature comme moi. Du 8 au 12 [août 1845], j'ai été malade, mais ma conscience ne me reproche rien. J'ai fait mon devoir. »

Eh oui, « frère » ! La consigne, encore et toujours ! Mais pas que ! Le sentiment, également, la joie même du travail peaufiné ! Car qu'écrivait-il d'autre à son père, Saint-Arnaud l'Africain ? Des mots tout en couleurs comme : « Tu m'aurais embrassé, frère, quand j'ai ramené à ma position mon bataillon couvert de sang et les dépouilles de l'ennemi, ma pauvre main ensanglantée, mon pistolet brisé, et la lame de mon sabre rouge jusqu'à la moitié. Ce sont de bons moments, père, on ne les oublie pas et ils font oublier bien des peines. »

Franchement, quelle clémence les barricadiers du 4 décembre, ou même les simples protestataires, pouvaient-ils espérer d'un tel ruffian, forgé aux feux de l'enfer ?

Sachant à quelle école avaient été formés les officiers le secondant, on peut même s'étonner que, à Paris tout au moins, la riposte au coup d'État ait fait si peu de victimes ! Car il faudrait être sacrément bégueule pour ne pas comparer cette hécatombe-là au bilan autrement meurtrier des Trois Glorieuses, des journées de Juin ou, pire encore, à la Semaine sanglante qui devait mettre un terme à la Commune de 1871 !

Ce qui n'étonnera pas, en revanche, c'est la haine que nous vouèrent les peuples conquis. À cette haine, leurs enfants puiseraient un ressentiment violent, longtemps, longtemps après que les Trois Couleurs eurent été ramenées du fronton des *bordjs**.

Sur le mode badin, Changarnier rapportait à qui voulait l'entendre ce dialogue entre deux de ses soldats :

— Les pauvres diables ! Ils se souviendront de notre visite !

— Que veux-tu ? Nous leur apportons les lumières, seulement nous leur faisons payer la chandelle un peu cher.

Cette chandelle, les « pauvres diables » nous la renverraient à la figure, et nous en remâcherions longtemps les cires amères.

Tandis que Maupas alignait sur des civières les badauds fauchés le long des Boulevards, les divisions en marche parachevaient leur mission d'anéantissement.

---

* *Bordj*, transcription du mot arabe signifiant « maison forte » ou « fortin » ; *Bordj* Omar Driss (autrefois *Fort* Flatters), *Bordj* Badji Mokhtar (autrefois *Fort* Le Prieur)...

Chaque brigade coulait ses compagnies dans la crépine du trapèze, les unes par les rues Saint-Denis et Saint-Martin, les autres par celles de Montmartre ou du Temple. Elles ulcéraient le ventre de Paris. Les détonations éclairaient des visages qui disparaissaient aussitôt dans les ténèbres précoces. Les ténèbres éternelles souvent, car ici ou là on se battait avec acharnement.

Si, dans l'ensemble, l'infanterie de ligne balaya les ouvrages de fortune, les barricades des rues Saint-Denis, au Maire, Montorgueil, et d'autres encore opposèrent une résistance si farouche que, aux alentours de cinq heures, l'issue de la journée demeurait incertaine. La lutte en redoubla d'intensité. De ce regain, Victor Hugo tirerait, à presque un quart de siècle de distance, les plus belles pages d'*Histoire d'un crime*. Il s'appesantirait sur les exécutions sommaires. Il y en eut, rue Montorgueil, rue des Petits-Carreaux, où l'on fusilla les insurgés pris les armes à la main. Quant aux autres, à ceux qui avaient jeté leur fusil, on leur examinait les doigts : s'ils les avaient noirs de poudre, on les passait par les armes. Il y en eut dans la soirée, lors d'enlèvement de la redoute de la chapelle Saint-Denis, dont une douzaine de défenseurs tombèrent sous les salves du peloton, mais là encore, l'irrémédiable fut commis « dans la continuité de l'action », sous l'effet de la fureur des combats… et de la consigne, bien claire quant à elle. On a vu le savon que s'était pris Lourmel pour avoir fait preuve de clémence (« Une mesure sévère eût été un acte d'humanité bien compris ; elle eût calmé les exaltés, ce qui, par la suite, aurait pu épargner bien du sang »). Cependant, il n'y eut pas, plus tard dans la nuit, d'exécutions en masse, à froid, au Champ-de-Mars ou ailleurs, comme le prétendrait le poète – ou comme l'affirmerait Apponyi, qui, par ailleurs, confesserait avoir bien souvent prêté l'oreille à des rumeurs invérifiées. Lors de la composition du réquisitoire, peu après 1871, Hugo mélangerait ses souvenirs, ceux de décembre et ceux plus récents de la Semaine sanglante. Il reste que, au plus fort des combats, il sillonnait bien le trapèze. S'il ne prit pas les armes, si à aucun moment il n'apparut aux avant-postes ni ne prit part à la lutte, il se démena, il excita la résistance, et d'une voix assez forte pour que Morny s'en alarmât. S'il n'avait pas tout d'abord attaché d'importance à ce pair de France un rien emphatique – « Faites-en ce que vous voudrez », avait-il indiqué à son préfet –, Morny prenait enfin la mesure du danger : le lendemain matin, par deux fois en une heure, il ordonnerait son arrestation immédiate, « à tout prix ! ». En vain, Maupas n'en ayant cure, semble-t-il.

À dire vrai, dans l'indigo d'un crépuscule finissant, ce fut la voix des armes qui l'emporta sur celle du poète. Les conjurés avaient circonscrit l'incendie au sempiternel giron des fièvres. Ils entendaient le réduire avant minuit. Le foyer crépitait de plus belle ? Eh bien, tant pis ! Ils y mettraient le prix. Ce qu'ignoraient les meneurs du jeu, c'était l'horreur que le sang inspirait à leur prince. Oui, la tuerie saturait son cœur de désespoir. Le sang versé, cela faisait vingt ans que Saint-Arnaud en avait jusqu'aux chevilles ; quant à Morny, il s'en laverait les mains sans états d'âme. Louis Napoléon, lui, ne s'en déferait jamais, pas plus de celui-là que de celui du soir de Magenta ou de la nasse de Sedan.

La tentation de Massada

> « Le suicide est l'effet d'un sentiment que nous nommerons [...] l'estime de soi-même, pour ne pas le confondre avec le mot honneur. »
>
> Honoré de Balzac,
> *Illusions perdues.*
> *Les Souffrances de l'inventeur*

— Quelles sont ces rumeurs que me colportent ces fous ?

Morny vient d'entrer dans le cabinet. A-t-il frappé ? Je ne le jurerais pas. Maintenant qu'il tient la barre, j'ai l'impression qu'il s'affranchit des solennités. S'il marque une pause en me fixant d'un œil vide, c'est qu'il venait avec un problème en tête et que ma question l'en détourne.

— N'y prêtez pas l'oreille.

— Comment le pourrais-je quand miss Howard elle-même me rapporte les propos les plus alarmants de l'ambassadeur d'Angleterre ?

— Pardonnez-moi, Prince, mais de quoi me parlez-vous ?

— Eh bien, du retour des princes d'Orléans ! À l'en croire, Aumale et Joinville accourraient depuis la frontière belge…

— Je n'y crois pas une seconde. Et quand bien même ils seraient à Neuilly que nous aurions d'autres polichinelles à bâtonner.

— Chambord ?

— Le comte de Chambord ? Ah, Dieu, non ! Le champion des légitimistes en simple cavalier ? Parmi les croupes du 12e dragons, c'est bien cela ? Maupas vous assommerait-il à coups de fadaises, vous aussi ? Croiriez-vous aux dépêches de ce dindon fébrile, qui ne ressassent que rumeurs infondées et ragots d'atelier ? Ah çà non, Prince, ne me dites pas cela !

Je ne dis rien, justement. J'oppose mes écrans de volutes. Poursuivre sur ce terrain, ce serait reconnaître à mi-mot mes communications directes avec ce bon Maupas…

— Que s'est-il passé sur les Boulevards, Auguste ?

— ... De cela aussi vous êtes au courant ?

— *Ils* ne parlent que de cela…

Cet aveu, je l'ai soufflé tout juste en désignant, du menton, le salon voisin, une cohue, toujours, la même qu'au matin du 2, mais cette fois déboussolée. Il y a ceux qui cherchent la protection du foudre césariste – les brebis – et puis ceux qui prennent la température – les hyènes. Je sens leur haleine, l'une et l'autre fétides. Peur ou fiel de charognard, c'est la même pestilence. Leurs tremblements font un tintamarre de tous les diables. Pour un peu, on ne s'entendrait plus. Nous sommes seuls pourtant, mon demi-frère et moi, enfin presque… Mocquard est là, figé dans un silence de pierre, dressé dans mon dos comme un gisant relevé, négligemment accoté au premier mur venu. Son désintéressement importune le *gambler* qu'est Morny.

— Alors, Auguste, les Boulevards…

— On ne fait pas d'omelettes sans casser des œufs.

— Et Hugo ?

— Nous le saisirons et nous l'exilerons à la première nécessité. Dans les tout prochains jours, certainement.

— Combien ?

— Je l'ignore, Prince. Deux ou trois jours…

— Je veux dire de morts, Auguste !

— Oh !… Eh bien, puisque vous y tenez, quelques dizaines, semble-t-il… Cinquante, tout au plus. Des agents de la préfecture s'affairent à relever les corps. Des habits noirs, pour la plupart.

— Des honnêtes gens, me rapporte-t-on. Et des femmes !

— Il nous est difficile de juger au plus fort du tumulte.

— Il faut que cela cesse !

— Impossible, Prince. Le gain de la partie se joue sur cette levée. Impossible de faire machine arrière.

— On me parle maintenant de résistance opiniâtre, de combats acharnés…

— L'affaire est sérieusement engagée, il est vrai.

— Et comment donc ! Ne vous est-il pas venu à l'esprit que la tuerie des Boulevards pourrait raffermir la détermination de la riposte ? Un tel abus de la force ne peut produire qu'un effet déplorable !

— *Notre* détermination et la fermeté de l'armée finiront par l'emporter.

— Mais pas à n'importe quel prix ! Je suis la voix du peuple, pas son bourreau ! Je ne m'empare du pouvoir que pour lui redonner sa dignité.

— Le peuple de Paris ne veut pas qu'on lui donne. Il veut prendre. Prendre des libertés et non en recevoir ; prendre des palais et non y être convié... L'ordre et la prospérité ne peuvent tolérer cette impudence.

— J'entends démontrer le contraire.

— ...

— Pouvez-vous m'assurer que nous aurons le gain de la journée ?

— Non, Prince, non, pas à la lecture des rapports qui me parviennent.

— Allez m'en quérir d'autres, Auguste, et priez pour qu'ils soient optimistes.

Je ne connaîtrai jamais le motif précis de sa visite. Peut-être est-il venu réclamer plus de canons. Il ne sort pas du côté du salon des Muses, par lequel il est entré et qui, si près de moi, grouille d'importuns, mais par l'antichambre qui mène aux salons de service, dérobés à la curiosité de la foule. Lui qui aime tant tenir son public en haleine se résigne à la sortie des lampistes.

Je l'entends toutefois saluer Fleury avant même que la porte se referme. Quoi de plus naturel ? Cette aile est le royaume discret de la maison militaire. Mais s'ensuit une messe basse dont Mocquard et moi ne percevons que des froissements d'étoffe. Un conciliabule qui s'éternise. On voudrait chuchoter, ne rien laisser filtrer, mais nous palpons une tension. Les habits se frottent aux battants, aux chambranles, des bottes raclent le pavement de marbre… Une main s'est saisie de la poignée de la porte, l'actionne, se retire, l'actionne de nouveau mais ne se décide pas à ouvrir. Enfin paraît Fleury, mais Morny à ses basques.

— Pardonnez mon intrusion, Monseigneur, mais je vous dois sans tarder ce rapport. Je quitte à l'instant l'aide de camp du général de Cotte.

— Eh bien ?

— Monseigneur, la brigade du général de Cotte éprouve les pires difficultés dans le secteur de la rue Saint-Denis. Le 72e de ligne a dû s'y reprendre à trois fois contre la barricade située un peu en aval de la rue aux Ours. Et cela en vain ! À la quatrième charge qu'il menait en personne, le général de Cotte a eu son cheval tué sous lui, et cela malgré les salves préalables des canons à mitraille. Le lieutenant-colonel Loubeau a été fauché par une grêle de plomb. Il a succombé ainsi que deux officiers, et avec eux dix grenadiers. On ne compte plus les blessés. Le colonel commandant le régiment est du nombre, de cela nous sommes sûrs. On ne saurait dire combien d'insurgés défendent de la redoute, mais leur détermination inquiète. À chaque retraite du 72e, ces gredins se dressent au sommet de la barricade et crient des « Vive la République » et des « Vive la Constitution ! ». Les plus lestes flétrissent votre personne en des termes que je vous épargne. Les gamins même leur rapportent les shakos des soldats tombés à l'assaut. Chaque fois, le tapage se répand dans Paris comme une traînée de poudre. Et, malheureusement, l'exemple n'est pas isolé.

— Le 51e de ligne essuie lui aussi un feu nourri depuis les maisons de la rue Rambuteau. Il ne progresse pas. Nous devrions canonner ces repaires de brigands.

— Veuillez cesser avec vos canons, je vous prie.

— Prince, mon frère, je n'insiste que pour vous garder d'un retour de flamme. La situation est présentement incertaine. Si l'incertitude perdurait, chaque jour perdu, chaque heure conforterait la révolte. Paris ne se laissera pas mitrailler indéfiniment sans réagir. Vos ennemis l'ont parfaitement compris. Les ouvriers n'ont jusqu'à maintenant pas levé une oreille. Le souvenir des journées de Juin les tétanise. Mais que la perspective d'une victoire par les barricades se dessine, et le souvenir de 1830 l'emportera sur celui de Juin. Ils se rallieront aux députés de la Montagne. Et, depuis les faubourgs, leurs cohortes submergeront nos soldats embourbés dans le cloaque !

— …

— Eh bien quoi, Prince, mon frère, vous levez un sourcil ? Vous le savez pourtant, c'est au troisième jour que se décide le sort de la partie ! Les *Trois* Glorieuses, le troisième soir de la révolution de Février… Et chaque fois des rois sont tombés. La première fois parce que la troupe manquait de vivres et de renforts, la seconde parce qu'on a manqué d'intelligence et de courage. La famille royale, le père comme les fils, s'est conduite honteusement. « Pis que Charles X », voilà tout ce qu'a trouvé à dire le vieux roi Louis-Philippe. Voudriez-vous vous lamenter : « Pis que la Poire » ? Croyez-moi, Prince : une action résolue, c'est à quoi vous devez vous résoudre. Ne pas le faire, c'est laisser filer la patrie.

— Filer la patrie ?

— La « partie », voulais-je dire… Oh, et puis, « patrie », « partie », au soir du « Grand Soir », ce n'est qu'affaire de dyslexie !

— Votre légèreté sonne faux, Auguste.

— Ma légèreté, ma légèreté… quitte à prendre congé de cette terre, c'est encore le meilleur parti à adopter… Mais enfin, vous avez raison, Prince. Veuillez me pardonner. Au reste, j'en ai fini. Si vous me le permettez, je passe le relais à Fleury.

Cinq heures sonnent au cartel rocaille qui trône depuis peu sur ma cheminée. Cinq coups et du sang à l'heure du thé. Cinq coups cristallins mais bien frappés, comme si l'on intimait le silence au public et qu'on levait le rideau. Mais quelle scène me découvre-t-il, ce rideau cramoisi ? Il fait nuit noire, mon armée bataille ferme, on relève des cadavres d'innocents un peu partout dans ma capitale… Et mon demi-frère fait des mots. Il passe le relais, certes, mais c'est pour mieux me serrer à la fin du compte.

Quant à Fleury, il n'affiche plus cette bonne mine que je lui connais. Je lui trouve une gravité vaguement emphatique. L'aigue-marine de son regard froidit sous l'éclat de la lame que l'on sort du fourreau. L'heure est venue pour lui de croiser le fer pour défendre ma personne. Ce geste, il veut l'enjoliver de vaillance, d'une bouffée d'héroïsme ; je ne lui trouve qu'un fard de saltimbanque qui me met mal à l'aise.

— Au vu du rapport du général de Cotte, Monseigneur, l'idée d'une mesure d'urgence m'est venue, que le comte de Morny a bien voulu appuyer. Nous sommes, lui et moi, en parfait accord sur cette conviction : vous ne pouvez laisser planer un instant de plus le sentiment que la lutte demeure incertaine, que vous n'irez pas jusqu'au bout… Monsieur le ministre parlait tout à l'heure des ouvriers et de leur mobilisation potentielle. J'ajouterais la menace que constitue la bourgeoisie – et notamment les journalistes, les étudiants –, qui, lasse de gesticuler et de s'égosiller sur les Boulevards, pourrait bien prendre les armes si le… le *flottement* s'éternisait. Aussi, je vous propose de marquer d'un geste spectaculaire votre résolution de combattre. Frappez un grand coup, Monseigneur, installez-vous sans tarder au palais des Tuileries. Constituez là une espèce de camp retranché. L'affaire est aisée : la cour du Carrousel et les terrasses des jardins forment un glacis facile à fortifier. On peut y concentrer des troupes, et plus particulièrement de la cavalerie, ainsi qu'un puissant parc d'artillerie. La présence au palais du ministère de la Guerre ne peut qu'y aider. M. de Saint-Arnaud tient là ses services d'une main ferme. Monseigneur, la résidence présidentielle est exposée. Cerné de rues étroites comme il l'est, l'Élysée peut être investi à tout moment. Le faubourg Saint-Honoré reste calme, certes, mais la proximité de la Madeleine et des Boulevards présente un danger. De l'autre côté, les jardins des Champs-Élysées permettraient à des assaillants une progression à couvert… Les terrasses des Tuileries, elles, tiennent la place de la Concorde et les ponts de la Seine sous leur feu.

— La place de la Concorde, vous me faites peur, Fleury ! C'est là qu'en février 1848 Bugeaud a été vaincu.

— Mais, Monseigneur, c'est parce que, tout juste après l'avoir nommé général en chef, le roi l'avait privé des moyens d'agir !

— Peut-être, peut-être... Par ailleurs, le dispositif que vous exposez ressemble à s'y méprendre à la stratégie de Marmont en 1830. Il avait concentré ses troupes entre le Louvre et l'Étoile, on se souvient du résultat !

— Mais il ne disposait que de huit mille hommes !

— Des ventres creux, mal approvisionnés ! ajouterais-je au risque de radoter ! Quant à vous, mon frère, l'armée vous est acquise.

— Sans doute, sans doute... Mais dites-moi, Fleury, au centre de votre « camp retranché », que faites-vous des taudis en cours de démolition qui longent la grille du Carrousel ? Et des coupe-gorge que sont les rues Saint-Nicaise et Saint-Thomas, au cœur même du Louvre ? Voilà un coin dans votre dispositif dont les ennemis du pays pourraient tirer parti !

— Il n'en reste plus grand-chose, Monseigneur, et, ces rues fantômes, on les prend en ligne depuis la galerie du Bord-de-l'Eau.

— Deux canons n'en feraient qu'un tas de poussière.

— Vous m'auriez étonné, Morny.

Il est cinq heures. L'on saigne Paris. Voilà trois heures à peine que l'armée a engagé le combat décisif, et mes stratèges m'invitent à me retrancher ! Mais, se retrancher, n'est-ce pas déjà concéder la défaite ?

Se retrancher… pour cela, il faut d'abord retraiter ! Est-ce bien là le signal qu'il faut envoyer ? Ne serait-ce pas un aveu, plutôt qu'un cri de guerre ? Une « action résolue », peut-être, mais alors au nom d'une cause perdue ! Pas si tôt ! Pas cette fois !

Les cendres de cigarette m'en tombent des moustaches. Ma tunique de général de la garde nationale est grise de cendres. Je m'effrite sous les cendres, ce me semble…

Un « camp retranché »… Un tombeau, oui !

Fleury considère-t-il l'échec comme acquis ? Et Morny ? À quoi songe-t-il, mon demi-frère, son regard de défi braqué sous des paupières de garçonnet exténué ? À ma trempée de Strasbourg ? À sa triste répétition quatre ans plus tard, à Boulogne ? À mes « cacades », comme dit mon oncle Jérôme ? « Tu vas trop vite, tu vas trop vite… » Tu parles ! C'est un peu tôt pour les Tuileries, en effet ! Car mes « cacades », moi j'y pense. Je ne songe qu'à cela. Comment ne pas ? Comment, en cet instant précis, ne pas se sentir écrasé par la fatalité ? « Il n'est pas de taille, il ne fera que du Boulogne ou du Strasbourg », n'est-ce pas ce que disait de moi Saint-Arnaud lui-même ? Ces souvenirs me hantent ; mes compagnons perdus d'alors me traversent l'âme comme des fantômes et me laissent glacé d'angoisse. Et toutes ces manches que j'ai remportées depuis, mon retour gagnant, l'élection au suffrage universel, ma tournée triomphale quand l'Assemblée s'égosillait, que me donnent-elles de plus qu'alors, ces victoires ? Quel pouvoir ? Rien d'autre que celui de faire couler le sang.

Au fond, ai-je seulement changé ? Ne suis-je pas un éternel conspirateur, flanqué de son amazone porte-malheur ? Il y a toujours une femme, une forte femme, dans mon ombre, pour m'aiguillonner. Pour me financer, à l'occasion. Je n'ai que très peu vu la belle Éléonore Gordon, mais son panache et sa beauté ont, au cœur de l'échauffourée, relevé d'un sel romanesque le coup manqué de Strasbourg. Elle était la maîtresse de Persigny, je crois. Eh bien, si j'avais réussi, je la lui aurais chipée. Pas d'Amazone à Boulogne, en revanche. Résultat : une pantalonnade… et ma vieille amie Hortense Cornu, ma sœur de lait, presque, pour me consoler entre les murs du fort de Ham. Il faut toujours une femme au bras du conspirateur, ne serait-ce que pour lui gagner la commisération des chaumières. Une lionne, une ardente. *Death dodger** après cela. Et une beauté, de préférence, c'est là toute l'injustice qui accable nos compagnes, être jugées sur leur belle mine.

Harriet est un peu tout cela à la fois. Quoique, risquerait-elle sa peau dans l'aventure ? Elle compense cette hypothèque par une immense fortune. Il y a trois jours encore, elle délestait sa bourse de deux cent mille francs-or. Une goutte d'eau dans le flot incessant de liquidités duquel elle m'a ouvert les vannes. Que m'achète-t-elle ainsi ? L'éternité d'un coup d'éclat sous le feu roulant de l'histoire ? L'anneau, tout simplement ? Comment savoir ? Elle a quitté Londres pour moi ! Elle a abandonné la scène ! Qu'espère-t-elle de ces sacrifices ? L'amour ? L'amour de qui, de quoi ? Car sans les millions de miss Howard, on peut se

* « Trompe-la-mort ».

demander, non sans légitimité, ce que serait le présent locataire de l'Élysée. L'interrogation me replonge dans le trouble. La désorganisation, allons, soyons clair, soyons honnête, la pré-ci-pi-ta-tion avait condamné mes deux premières tentatives. Mais là ? Nous avons remis par deux fois le déclenchement de l'opération ! Moi président, nous avons eu tout le loisir de peaufiner notre plan d'action ! Moi président, nous avons pu noyauter l'Administration ! Moi président, nous avons purgé l'état-major de ses colins froids. Et voilà qu'on m'indique un retranchement qui préfigure le cachot ! Un îlot de salut qui sent l'échouage ! Ce n'est pourtant pas l'organisation qui fait défaut, à en croire l'exposé de mon insatiable Fleury !

— Pardonnez-moi d'interrompre vos pensées, Monseigneur, mais si vous vous rangez à nos vues, nous devons examiner sans attendre les voies et les moyens de les concrétiser.

— Il n'est que temps, mon frère, les combats font rage, semble-t-il, et vos soutiens s'interrogent.

Je n'aime pas que l'on me presse. Mon demi-frère a jeté en parlant un regard derrière lui, afin de me désigner les « soutiens » ébranlés. Je n'ai que faire de leurs tremblements ; les jappements d'un chiot les affoleraient. Que l'on s'en tienne au plan que j'ai agréé ! Aux ordres que j'ai donnés, en quelque sorte. Mais l'énergie rageuse de mes deux lieutenants les projette sur un autre front.

— Les renforts, comme les provisions en vivres et en munitions, peuvent être acheminés sur l'heure depuis le Mont-Valérien. Il est aisé de prélever deux bataillons cantonnés aux Tuileries, afin qu'ils mettent en sac les déblais du chantier de la cour du Carrousel.

Au moyen de ces sacs, nous blinderons les accès du Louvre et sa colonnade, un avant-poste braqué contre le quartier des émeutes. Il faut rompre les amarres des bateaux à quai le long des palais. Ils feraient des postes trop commodes aux tirailleurs insurgés, s'ils parvenaient jusqu'à nous. Nous les laisserons dériver en aval des terrasses et de la place de la Concorde.

— ...

— Je suggérerais de confier l'organisation et l'approvisionnement de notre camp au général Rollin...

— Mais il fut le chef d'état-major de Changarnier !

— Certes, Monseigneur, mais c'est un vétéran de Waterloo, votre administration magnanime l'a placé à la tête de l'École d'état-major, il vous est tout acquis. Et il peut être dépêché dans l'instant auprès du général de Saint-Arnaud.

— Il n'y a pas une minute à perdre, mon frère, n'attendons pas les prochaines nouvelles de l'émeute. Rien n'est joué, certes, mais nous devons nous préparer à une lutte acharnée...

— Faites. Ou plutôt, voyez ce qu'en pense Saint-Arnaud.

Ce que je dis est idiot. Ferrailler au cœur du dernier carré ne déplairait certainement pas à ce traîne-rapière de Saint-Arnaud. Maintenant qu'il a touché son maroquin ministériel, il ne lui reste plus qu'à périr en héros, et se racheter de ses maraudes par ce geyser d'or et de sang. Il bouclerait ainsi sa propre boucle, son cycle picaresque...

— Mon cher comte, restez un instant, je vous prie. Merci Fleury... Dites-moi, Auguste, un détail : veuillez cesser de m'apostropher en public comme vous venez de le faire. Vous n'êtes mon frère que pour nous seuls.

— Mais vous m'appeliez par mon prénom, alors…

— Alors ?

— Veuillez me pardonner, cette privauté toute déplacée n'est que le fruit d'une émotion passagère.

— De l'émotion ? Si je vous en croyais capable, vous ne seriez pas ministre. Donc plus de « mon frère », pas avant que notre position soit assurée, tout au moins. Allez, mon ami, allez donc, puisque l'on vous attend en votre ministère. Ah si ! La prochaine fois, frappez avant d'entrer. Même mon frère légitime ferait cela.

Ils ont pris congé.

Morny, l'air de ne pas y toucher, bien entendu.

Fleury, tout empourpré de sa responsabilité. Heureux lui aussi de la promesse d'une fin chevaleresque, d'une toute fin dernière le fer à la main et la sentence impérissable sur le bout de la langue. Il est comme ça, un mélange de sagesse et de crânerie, à la fois psychologue et tête brûlée. Comment pourrait-il en être autrement ? Persigny l'a recruté ! Que lui a-t-il fait miroiter ? Je l'ignore. Un matin, il m'a amené un spahi de gravure pour enfant sage, et celui-ci m'a offert son sabre et sa vie. Je n'en sais guère plus de l'homme qui a créé de toutes pièces ma *maison*, et ma maison militaire tout particulièrement, sinon qu'il a dilapidé une honnête fortune en mômeries, qu'il collectionne les femmes et sélectionne les hommes, qu'il passe leur âme au crible et damnerait la sienne pour une action d'éclat… Adorateur du lustre, il sacrifierait beaucoup au paraître. Le laisser-aller l'insupporte mais son « perçant » le conduirait en loques jusqu'au trépas. Le type même du cavalier, en somme.

Nous sommes seuls, Mocquard et moi, et le silence perplexe que nous observons est crevé par les abois d'une cohue d'importuns. Pourquoi faut-il qu'ils geignent à mes pieds ? Ne peuvent-ils pas rester chez eux, comme on l'a recommandé, que dis-je ? comme on l'a *ordonné* à tous les bourgeois de Paris ?

— Louis, me permettez-vous d'émettre un avis ? Je veux dire, sur la proposition du lieutenant-colonel Fleury…

— …

— Voyez-vous, Louis, j'ai une réelle affection pour ce jeune homme. Principalement parce que je le crois dévoué sans calcul à votre personne. Seulement, ce qu'il vous propose n'est ni plus ni moins qu'un Alamo* français. On se retranche derrière des murs vénérables, on se bat comme des lions, et puis l'on tombe jusqu'au dernier au pied du drapeau. C'est beau. C'est spectaculaire. Cela marque les esprits, assurément. Mais au bout du compte, quoi ? Pschiiitt !

— Pschiiitt ! Tu ne saurais dire mieux, Mocquard.

— En y regardant de plus près, plutôt qu'à Fort Alamo, les Tuileries muées en forteresse me font songer à Massada assiégé et au sacrifice des Juifs en révolte contre Rome… Vous en souvenez-vous, Louis ?

* Siège de Fort Alamo, ou, plus exactement, de l'ancienne mission San Antonio de Valero, au cours duquel, du 23 février au 6 mars 1836, cent quatre-vingt-deux sécessionnistes texans résistèrent jusqu'à la mort de tous aux trois mille soldats mexicains du général Santa Anna.

Nous n'avons pu manquer de l'évoquer du vivant de madame votre mère, lors de nos douces veillées d'Arenenberg… Un féru d'histoire romaine comme vous l'étiez, comme vous l'êtes toujours, je crois… Massada, oui, plutôt. S'ensevelir sous les décombres, consentir au sacrifice, s'administrer la mort plutôt que reconnaître la défaite… le suicide, quoi.

Le vieux Mocquard me susurre le conte à l'oreille, de sa voix ténue, de ce filet plein de cailloux et de coquetteries que libère comme à regret son larynx malade. Un handicap pour l'avocat qu'il fut et qu'il a dû cesser d'être faute de pouvoir plaider au-devant les perruques. Il n'en bavarde pas moins. Toujours une maxime, une anecdote au coin des lèvres. Glisser une, une petite… *eine kleine Bösartigkeit** ne lui fait pas peur. Un puits de science, avec ça ! L'histoire sous-tend chacune de ses pensées. On se bat dans la rue afin que je restaure la France parmi les puissances de ce monde, et lui chuchote, penché dans mon dos : « Massada ».

Massada. Dans le doute où m'ont plongé mes sicaires, c'est tentant, bien sûr.

Massada. Les terrasses du jardin des Tuileries comme les falaises du désert de Judée ! Ah çà ! Il ne manque pas de panache, l'aphone qui me tient la chandelle ! Ni d'imagination ! Pour ma part, je peine. Si je parviens à me figurer les zélotes sur le point de flancher, s'ouvrant les veines dans l'ancien palais d'Hérode, ma vue se brouille à l'idée de mes lignards s'entre-égorgeant de désespérance dans le château de Catherine de Médicis.

* « Une petite vacherie ».

Et ce château, devrais-je l'incendier comme les Juifs rebelles l'ont fait de toutes les maisons de leur citadelle assiégée ? Cela, je le pourrais, quoique à regret. Mais me résoudre à un suicide collectif ! Or c'est bien cette folie que, le bélier des Romains sur le point d'enfoncer la grande porte de la ville, les Juifs de Massada ont perpétrée ! Le glaive sacrificiel plutôt que la servitude ! Et c'est à cette même folie, en définitive, que me poussent mes sicaires à moi, Fleury et Morny…

Fleury me suivrait tambour battant dans l'abîme, et Mocquard, sans doute. Quant à mon demi-frère… Après réflexion, je l'en sens bien capable. Par péché d'orgueil ! Que d'orgueil ne met-on pas dans une résistance désespérée ! Cette prétention, toujours, de ne soumettre son destin qu'à d'autre volonté que la sienne, quel aveuglement ! Quel mépris de Dieu ! Il est inconcevable de négliger à ce point les tours du sort, bons ou mauvais. L'on doit croire en son étoile, s'en remettre à elle. J'ai toujours cru en la mienne. J'y croirais encore, m'imposerait-elle l'humiliation de l'échec et l'infamie de la forfaiture. J'entrevois le sentiment confus qui agite Fleury : l'immolation les armes à la main siérait mieux à un Napoléon. Son âme de paladin l'égare. Je ne veux pas d'un Massada. Je n'ai pas de ces fantaisies sanguinaires. Je fais trop de cas de la vie d'autrui.

Et puis, entre nous, là, dans ce palais des Tuileries encore encombré des bibelots de la reine Marie-Amélie et des hochets de cette poire de Louis-Philippe… Que produirait l'épopée parmi les débris d'une tragi-comédie bourgeoise ?

Un suicide en garni.

Un Bonaparte ne peut s'y résoudre.

Tombe une dépêche de Saint-Arnaud. À l'heure qu'il est, les premiers convois s'ébranlent depuis les casemates du Mont-Valérien. Nous échangeons, Mocquard et moi, des moues circonspectes quand une tension nouvelle fait trépider les portes du salon des Muses. C'est en réalité toute l'enfilade des salons qui semble se dilater sous l'effet de « Hooo ! » et de « Haaa ! », comme si Vatel et ses mitrons y promenaient un chevreuil en gelée… Que signifie ce charivari ? Sont-ce des ovations ? Des cris d'effroi ?

Mocquard m'effleure le bras et me désigne du menton le corridor des salons de service. De Cotte est là qui s'incline, éprouvé, gris de poussière et de poudre. Mon bon ami. Je le serre un instant dans les bras. Oublié, Massada ! Je ne veux plus entendre ce soir le boniment de mon premier stratège. Il est temps pour moi d'exhiber un brave au-devant du parti de la peur ; il est temps pour lui et moi de fendre l'onde poisseuse des assiégeants.

De Cotte, exténué, n'a pas apporté que de mauvaises nouvelles. La rumeur n'a pas colporté moins d'optimisme. Et au lieu de l'anxiété livide que je croyais devoir lire sur les masques, ce ne sont que sourires humides et plissements de paupières empreints de commisération. Au lieu des premiers trous dans les cohortes craintives, c'est un corps à corps. La stupeur marque toujours les physionomies, certes, et beaucoup ne commentent qu'à mi-voix les ultimes soubresauts du poulpe, la victoire ne souffle pas encore sa brise aphrodisiaque, mais, dans les rangs, les poltrons respirent. De ces bêlants, je reconnaîtrais entre tous l'effluve de sueur et de miel.

Le cabaret, la fourche et le télégraphe

> « [Mais] tant qu'on vous résistera, que rien ne vous retienne, pas même la vue d'un père dans les rangs ennemis. »
> Jules César, *La Guerre civile*

On s'était encore battu à la nuit tombée du côté de la rue Transnonain ou de celle des Vinaigriers. Une heure plus tard, les dernières fusillades avaient crépité du côté de la barrière de la Chapelle, et l'on avait exécuté une autre poignée d'insurgés pris les armes à la main rue Beaubourg. L'éloignement des deux îlots de résistance en dit long sur le naufrage de la riposte. La manœuvre d'encerclement conçue par Magnan avait magistralement isolé le « trapèze » de ses points d'appui périphériques. À sept heures, c'était le silence. Et le grand froid.

On s'était finalement peu battu. Moins d'un après-midi avait suffi à mater la révolte. Celle-ci n'avait rallié qu'une frange infime de Parisiens. Il ne resterait à ses meneurs qu'à remâcher depuis l'exil leur amertume en de promptes relations de l'événement, aussi peu digne de foi que les bulletins de victoire de leurs tombeurs.

Leur succès évident ne dispensait pas pour autant Saint-Arnaud et Magnan de fermes précautions. Tandis que nombre d'unités avaient regagné leurs cantonnements, des régiments de la division Carrelet poursuivirent tard dans la soirée leur noire besogne, mêlés aux agents de la préfecture promptement dépêchés, non plus seulement pour procéder à des interpellations, mais pour escamoter sur l'heure les cadavres laissés par la troupe. Quant à la spectaculaire brigade de lanciers du général Reibell que l'on avait laissée, du côté de chez Tortoni, partagée entre rage et affolement, elle fut chargée de patrouiller en tous sens sur les Boulevards, de la Madeleine à la Bastille, jusqu'à minuit. Et cela « son général en tête », avait précisé Magnan. C'est qu'il fallait « montrer la force partout et imprimer la terreur », pouvait-on lire en conclusion de l'ordre de mission.

Le périmètre des fièvres dûment *nettoyé*, la ligne avait rassemblé ses fusils en faisceaux et s'étaient allumés des feux avec des volets arrachés et les débris des devantures déchiquetées par la mitraille, ainsi qu'avec tout ce que les barricades abolies laissait de matériaux combustibles. On but pas mal autour de ces brasiers ; on chanta la victoire. Les chroniqueurs s'offusqueraient de l'intempérance des vainqueurs, sans qu'il soit possible de confirmer si oui ou non ces bivouacs prirent l'allure d'auberges à soldats.

La préfecture confirmerait sans tarder au ministère de l'Intérieur le bilan de la journée : deux cent vingt-quatre arrestations. Pour les morts, on attendrait. Quel que fût leur nombre, Fleury pouvait remballer son bastringue de tragédie antique. Quant à Morny, il pouvait à bon droit juger la mission accomplie. Double six ou quinte flush, il raflait le pactole. Ne lui restait qu'à rejoindre pour le souper son ambassadrice aux cheveux d'or, Fanny Le Hon. Ce qu'il fit vers neuf heures, une fois la dernière cartouche déchargée, du côté des rues Montorgueil et des Petits-Carreaux. À sa belle-mère, Margaret Mercer Elphinstone, comtesse de Flahaut, il avait néanmoins pris soin de télégraphier ce cri de soulagement : « Tout est fini. Nous sommes victorieux sur toute la ligne et la France entière approuve. [...] *La Bourse monte.* »

L'après-midi même, Louis Napoléon avait réservé à son frère utérin un accueil plutôt sévère. Le succès lent à se dessiner et, plus encore, la méthode l'avaient atterré. Peut-être est-ce pourquoi Morny n'avait pas jugé bon de se produire à l'Élysée, une fois l'issue du coup assurée. L'hôte de ce palais, cependant, avait peu à peu troqué l'impavidité cireuse des moments de doute contre une affabilité qui lui était plus familière. Plus la nuit avançait, plus il irradiait d'éclat, mais un éclat d'astre lointain, incrédule encore quant à sa galaxie d'élection. Celui-ci ne réchauffait pas tout à fait les courtisans encore glacés d'effroi, auxquels de grandes rasades de champagne viendraient bientôt fouetter le sang. Parmi eux, l'inévitable comte Apponyi. L'empire des Habsbourg ne pouvait que se féliciter de l'assassinat d'une république. Aussi le diplomate s'était-il prodigué en compliments et, au nom de son maître, en témoignages de gratitude.

— Oui, l'avait interrompu le prince, dans ces cas-là, il faut faire tout ou rien.

Puis, le César en puissance avait poursuivi :

— À propos de Thiers, vous savez que je l'ai fait transporter en Allemagne ?

— Oui, je le sais, Monseigneur, et je suis ravi que, pour la première fois de sa vie, coupable comme il l'est, ayant fait tant de mal en Europe et dans ce pays, il ait trouvé quelqu'un ayant la force de le traiter comme il le mérite. Au reste, ce qui l'humilie le plus, c'est que tout ce qui vient de se passer se soit fait sans lui.

César s'était esclaffé.

— Ses amis et lui disent que si Louis-Philippe ou le roi Charles X avaient fait la moitié, que dis-je, la dixième partie du coup d'État que vous venez de faire, ils seraient encore au pouvoir à l'heure qu'il est.

— Vous avez raison, mais ni Charles X ni Louis-Philippe n'auraient pu faire ce que j'ai fait ; ils étaient rois.

— Je comprends. Vous avez fait le coup au nom de la République, au nom du peuple.

— Je trouve dans ce peuple une adhésion entière. Vous ne vous figurez pas quelles excellentes nouvelles je viens de recevoir de la province. Au reste, ceux qui crient le plus contre moi aujourd'hui se rallieront au gouvernement. Le… le *Bauernaufstand* qui s'est fait dans les provinces vient à l'appui de mes paroles, de mes proclamations.

— La… « jacquerie » ?

— Vous utilisez le même mot en allemand ?

— Le plus souvent, oui. Et celle-ci vous fait beaucoup de bien, on dirait.

— Eh oui, on sera obligé de se rallier à moi pour éviter le désordre. Au reste, je suis décidé à remplir ma mission, à écraser le parti démagogique en France, à mettre un frein à la licence de la presse !

Le ton presque folâtre de son hôte avait frappé le diplomate : « En prononçant ces paroles avec une vivacité que je ne lui avais jamais vue, il prit un cigare, l'alluma et marcha avec une telle prestesse en allant et venant dans le salon que j'ai eu toute la peine possible à le suivre. »

Dix heures n'avaient pas sonné en chœur aux pendules du palais que le parti de la peur, rassuré, s'en était retourné à ses pénates.

Paris s'était tu. Le lendemain, vendredi 5, résonnerait à peine d'échauffourées sporadiques ; la troupe sillonnerait la ville jusqu'au lendemain, jour dédié à saint Nicolas, patron des écoliers, que les nombreux pâtissiers de la ville honoreraient sur leurs étals, à l'accoutumée. Et ce contraste saisirait le regard entre des bambins grignotant la sainte effigie en pain d'épice et les cuirassiers défilant sabre au clair, leurs officiers pistolet au poing. Dans le sillage de cette cavalerie lourde s'agiteraient encore les soldats du génie, dépêchés en ville pour effacer toute trace des combats. En moins de vingt-quatre heures, les derniers vestiges de barricades se seraient volatilisés, tandis que les pavés rejoindraient comme par enchantement les chaussées auxquelles on les avait arrachés la rage au ventre. Ce lissage cosmétique, il le fallait. Paris se remettait mal de son effroi, et si l'on s'indignait de la tuerie de la veille, c'était à voix basse. Dès six heures, la nuit n'en finissant pas, Maupas avait adressé cette dépêche informant Morny du décompte en cours des victimes : « [...] parmi les insurgés tués, les trois quarts appartiennent à la classe aisée. Ce sont bien les habits noirs qui soutiennent les barricades. Il ne faut pas s'y méprendre, la population de Paris n'est pas sympathique ». Même si la première partie du message avait de quoi réjouir le prince-président, puisqu'il apportait la preuve manifeste du désengagement des ouvriers, le préfet aurait aussi bien conclu : ... ne *nous* est pas sympathique. Eh oui, la tragédie des Boulevards produisait un effet désastreux. En dépit des efforts du génie, la maison Sallandrouze exhibait toujours de sinistres stigmates ; une mare de sang mal résorbée gisait encore au pas de sa porte... Les agents de Maupas éprouvaient toutes les peines du monde à convaincre les boutiquiers de rouvrir les volets et de reprendre le travail. Il leur fallait parfois user de menaces pour cela. Le lendemain, Maupas s'attellerait à une « Note sur les journées des 2, 3 et 4 décembre 1851 », destinée au président mais, en primeur, à son ministre, bilan qu'il assortirait de ces considérations maussades : « Depuis longtemps, les hommes sensés de tous les rangs, des tous les états, de toutes les opinions, demandaient que le prince Louis Napoléon Bonaparte osât faire ce qui a été fait si habilement le 2 décembre. Depuis longtemps, l'opinion publique désirait une victoire décisive sur les révolutionnaires, comme celle qui avait été remportée le 4. Et cependant, jamais au lendemain d'une victoire si importante on n'a vu la population plus triste, plus abattue, plus indifférente : le commerce voit les étrangers s'éloigner et le jour de l'an approcher ; et au lieu d'illuminer, les bourgeois ferment leurs fenêtres ! »

Paris s'était tu, certes, mais tout restait à faire. Depuis la matinée du 2, le pays courait à son destin sans plus d'institutions. Plus de Parlement, plus de Haute Cour de justice… Un gouvernement resserré nommé le 3 naviguait à vue, tout occupé à étouffer les résistances. Une commission consultative de quatre-vingts membres, placée sous l'autorité du garde des Sceaux, Eugène Rouher, reçut bien la mission de combler dans l'urgence le vide institutionnel. Mais son recrutement avait d'emblée causé mille tracas. Y figuraient les noms de personnalités qu'on n'avait même pas pris soin de consulter, parfois d'anciens représentants, tel Montalembert. Certains d'entre eux se récusèrent, c'était couru, mais on passa outre. Le 10, la liste de ses membres ne serait toujours pas arrêtée ; le lendemain, un décret limiterait les attributions de cette usine à gaz au dépouillement des procès-verbaux du plébiscite en préparation.

Plus utile, tout au moins en apparence, un comité restreint fut chargé de rédiger « l'acte constitutionnel » qui ferait le lit de l'empire. Y siégeaient Rouher, bien sûr, véritable caution juridique de la conjuration, flanqué de deux autres juristes, ainsi que de Flahaut – à quel titre ? – et de Persigny qui trouvait là une bien mince compensation au portefeuille ministériel que son maître lui avait une nouvelle fois refusé. L'Acte paraîtrait le 15 janvier 1852. Jamais on n'avait rédigé aussi vite une Constitution ; jamais on n'en aurait de plus concise. Celle-ci tenait tout entière, il est vrai, dans une allusion au Premier Empire glissée dans la proclamation présidentielle du 2 décembre, et qui maintenant prenait valeur de programme : « La France régénérée par la révolution de 89 et organisée par l'Empereur. »

Les grands principes de 89, le texte les garantissait dès son premier article, mais de façon si laconique, tellement « hors-d'œuvre », qu'il affamait. Au menu des réformes, c'était l'exécutif qui raflait le service. L'Acte instaurait un pouvoir personnel pour dix ans (au moins), non plus confié au président de la République mais déposé entre les mains du « prince Louis Napoléon Bonaparte ». Les ministres se retrouvaient responsables devant lui, et lui seul, et à titre individuel. Ceux-ci n'étant plus solidaires les uns des autres, c'était l'idée même de gouvernement qui s'évanouissait. Quant au Parlement, s'il revenait au bicaméralisme auquel tenait Rouher, si sa chambre basse, le Corps législatif, était bien élue au suffrage universel, il ne conservait aucune initiative en matière de loi, et se contentait d'enregistrer des textes pensés et rédigés par d'autres. Les maires n'étaient plus élus mais nommés. Quant à l'autorité du prince, du proconsul décennal, plutôt, elle ne procédait que du peuple par le biais du plébiscite. Le parlementarisme avait vécu. Il est vrai que Rouher, une anguille louis-philipparde, celui-là même qui regardait la chute de la monarchie de Juillet « comme une véritable catastrophe », ne professerait plus que mépris pour les Chambres : « Le gouvernement parlementaire est un habit usé, flétri, suranné ; son œuvre de tous les jours, c'était de vivre, c'était de rester debout, c'était de tâcher d'éviter la chute, et non de marcher de l'avant. » L'Acte ne ligotait pas seulement le Parlement, il enterrait la démocratie. Jamais en temps de paix la vie politique française ne devait ployer sous un joug aussi exténuant. « Cette cave sans air et sans jour, où j'ai passé six ans à lutter contre des reptiles », ainsi Montalembert, rallié au coup d'État, pourtant, qualifierait-il le Corps législatif des débuts de l'empire…

Saint-Arnaud à ses opérations de nettoyage, Rouher et Persigny appliqués à leur copie constitutionnelle, il restait à Morny une tâche urgente : organiser le plébiscite par lequel le peuple devait entériner le coup d'État. Seulement, pour que le pays s'exprimât, il le fallait pacifié…

Paris s'était tu, oui, mais c'était maintenant la province qui parlait. Le matin du 5, en effet, tous les Français ne se levèrent pas du même pied. Dès la veille, au moment même où l'émeute parisienne sombrait sous un grand soleil ensanglanté, plusieurs départements, principalement dans le sud-ouest et le sud-est, ainsi que le creuset industriel que formaient alors la Nièvre, l'Yonne, la Côte-d'Or et l'Aube, avaient esquissé un soulèvement général. Pourquoi si tard ?

Dans la matinée du 2 décembre, s'étant assuré des premiers succès de la conjuration, Morny avait fait adresser aux préfets cette dépêche :

> *Le repos de la France était menacé par l'Assemblée ; elle a été dissoute. Le président de la République a fait un appel à la nation ; il maintient la république et remet loyalement au pays le droit de décider de son sort. La population de Paris a accueilli avec enthousiasme cet événement devenu indispensable.*

Le gouvernement vous donne tous les pouvoirs nécessaires pour assurer la tranquillité.

Vite imprimé, ce communiqué biaisé avait été affiché dans toutes les villes de quelque importance. Pas plus qu'à Paris les placards n'avaient suscité de manifestations d'humeur. Pas de lacérations, peu d'attroupements, de rares cris de protestation vite évanouis dans un froid glacial… Le pays semblait si indifférent que, le soir même, le préfet de l'Indre pouvait télégraphier au ministère ce constat sans appel : « L'ordre règne à Châteauroux », ce qui, au fond, semblait une fatalité immuable, mais faisait une allusion cynique à l'insurpassable bévue du général-ministre Sébastiani, en septembre 1831, après l'écrasement de l'insurrection polonaise : « L'ordre règne à Varsovie. »

Et pas plus qu'à Paris le prolétariat des villes manufacturières ou des bassins miniers n'avait réagi. Cette République qu'on giflait s'était cruellement retournée contre lui et ses aspirations sociales. Les notables la lui avaient confisquée. Elle ne valait pas la peine d'un poing levé. Et d'autant moins que les apparences la « maintenaient » ; c'était en son nom qu'étaient prorogés pour dix ans les pouvoirs de son président légitimement élu, président qui, de surcroît, passait pour socialiste.

Oh, bien sûr, on avait noté les quelques dizaines de manifestants massés devant la mairie d'Angers, le 3, ainsi que, dans la matinée du lendemain, un défilé hostile dans les rues de Strasbourg qui lui aussi avait échoué aux portes de la mairie. Rien d'autre pour la troupe que la routine du maintien de l'ordre, à ceci près qu'ici et là de « bons » bourgeois avaient prêté main-forte aux biffins. On s'en était félicité à grand bruit. Quant au récalcitrant abattu par un commissaire de police à Saint-Amand, sous-préfecture du Cher, on ne s'en était pas plus ému que cela. Il est vrai que le département se trouvait en état de siège depuis octobre.

Tout aussi chétive avait semblé la résistance institutionnelle. À la réception de la dépêche ministérielle du 2, seuls cinq préfets démissionnèrent, ceux de l'Ain, du Finistère, du Loir-et-Cher, de la Haute-Loire et du Lot-et-Garonne, et encore le firent-ils sans coup d'éclat, poussant parfois la conscience professionnelle jusqu'à prendre, avant de filer, toutes les mesures propres à garantir la tranquillité publique. Sinon quoi ? Quelques magistrats çà et là, quelques maires, pas de quoi dérégler le pays. Juste ce qu'il fallait à Morny et Rouher pour procéder à une énième évaluation des sympathies que leurs principaux agents réservaient au prince. Le corps préfectoral, par exemple, avait déjà été passé au peigne fin ; la « revue des effectifs » avait abouti, le 26 novembre précédent, à la nomination de « préfets à poigne », dont Haussmann en Gironde ou d'Ornano dans l'Yonne.

Plus encore qu'à Paris l'effet de surprise fut total. Non que la province ne se fût préparée au « Grand Soir » à la faveur des élections législative du printemps prochain et présidentielle de l'automne suivant. Dans cette perspective, les sociétés secrètes s'activaient sans relâche. Seulement, moins obnubilés que la capitale par les joutes parlementaires et les fausses pistes qu'ouvraient vers l'échéance fatale les cénacles d'informés et les entractes de l'Opéra-Comique, les départements semblaient s'en tenir au calendrier institutionnel. Les préfets, même les parachutés de la dernière heure, ignoraient tout du coup qui se tramait. Les officiers généraux commandant les divisions territoriales n'en savaient pas plus. Le secret l'exigeait. Leur mobilisation immédiate, cependant, s'imposait aux conjurés comme un enjeu crucial. Or comment actionner leur concours instantané quand il fallait encore dix heures à la malle-poste pour rallier Alençon depuis la barrière de l'Étoile ? Par le télégraphe électrique ? Par le train ? L'un et l'autre de ces moyens de communication n'en étaient alors qu'à leurs balbutiements. Seules douze préfectures étaient reliées au ministère de l'Intérieur par le télégraphe électrique : le Nord, la Seine-inférieure, la Nièvre… Là, la dépêche de Morny parvint dès la matinée du 2. Mais pour le reste, il fallait s'en remettre au vieux télégraphe optique de Chappe, un réseau de sémaphores tissé de sommet en sommet, qui avait fait ses preuves depuis la fin du XVIIIe siècle mais restait tributaire de la clarté du ciel. Par beau temps, il ne fallait pas trois heures pour qu'une dépêche de l'Élysée parvînt à Bayonne. Mais en décembre, avec les brouillards lents à se dissiper, avec les averses, de neige, de pluie, et la nuit qui menace si tôt dans l'après-midi ? Et puis, le maillage du télégraphe laissait de côté de vastes zones que seuls des cavaliers lancés à bride abattue pouvaient toucher en cas d'urgence.

Quant aux représentants d'opposition que les agents de Maupas n'auraient pas incarcérés dès l'aube du 2, ils n'avaient aucun moyen d'avertir les partisans républicains : le télégraphe électrique, d'habitude accessible aux particuliers, leur fut administrativement interdit dès la première heure du jour ; celui de Chappe demeurait un monopole d'État.

Les voyageurs en provenance de Paris apportaient parfois les nouvelles plus vite que les services du ministère de l'Intérieur. Le train les y aidait, bien que fin 1851 le réseau se résumât à une étoile bancroche ne touchant que des localités relativement proches de Paris : Le Havre, Chartres, Angers, Châteauroux, Tonnerre, Lille, Boulogne… La rumeur enflant, les gares voyaient affluer les curieux avides de nouvelles fiables et fraîches. On interpellait les passagers dès le marchepied, on les entourait, on commentait à chaud… Les quais donnaient lieu à des attroupements bavards que l'on ne saurait qualifier de houleux. Rares étaient les « Vive la République ! », et quand bien même auraient-ils fusé qu'ils se seraient aussitôt évanouis dans l'éther, entre le sifflet du préposé et les soupirs éléphantesques de la machine.

Outre une parfaite maîtrise des moyens de communication modernes, la conjuration du 2 décembre bénéficia d'une impeccable cohésion opérationnelle entre l'administration locale et l'armée. Au jour J, de purges furtives en mutations judicieuses, hauts fonctionnaires et officiers supérieurs communiaient dans une adhésion plus ou moins frénétique aux visées du prince-président. Les rares dysfonctionnements notables tinrent aux lenteurs avec lesquelles certains préfets promus ou mutés le 26 novembre gagnèrent leur nouvelle affectation. Leur manque d'empressement témoigne, au passage, de la parfaite ignorance du coup de force dans laquelle les avaient tenus les conjurés.

Ces derniers purent encore compter sur un sentiment largement répandu chez les notables de province, une émotion ancienne, à jamais tapie dans les circonvolutions de leurs tripes : la peur du rouge. Le moindre échauffement, sous prétexte de vendanges pourries ou de moissons trop chiches, la moindre grève à la fabrique ou à la mine leur rappelait comme par réflexe les brutalités révolutionnaires. Ainsi que les Burgraves et leurs émules parisiens, ils avaient dévoré un opuscule à sensation, *Le Spectre rouge*, publié l'année précédente par un « antiquaire » au profil de fouine, un drôle cependant, doué d'une plume alerte, Auguste Romieu.

Au détour de ces quelques pages, des phrases telles que : « La haine contre le riche, là où il y a des riches ; la haine contre le petit-bourgeois, là où il n'y a que des pauvres ; la haine contre le fermier, là où il n'y a que des manœuvres ; la haine du bas contre le haut, à tous les degrés, telle est la France qu'on nous a faite », avaient fait défaillir les baronnettes virginales et suer froid les maîtres de forge. Et à ce dernier avertissement : « Ce n'est plus la guerre civile qui nous attend ; c'est la jacquerie », tous les châtelains du royaume aboli avaient ressorti les fusils de la paille. Depuis de longs mois, déjà, les élites du pays vivaient dans la hantise d'un soulèvement général orchestré par les rouges ou, tout au moins, d'un affrontement armé entre factions. L'échéance électorale de 1852 excitait de vieilles peurs impénétrables. « Comme à l'approche du XIe siècle les peuples attendaient l'an mil qui devait amener la fin du monde », remarquait Horace de Viel-Castel, un « antiquaire » encore, et peut-être plus réactionnaire dans ses *Mémoires* que Romieu ne le fut dans ses pamphlets. Cette appréhension valut aux autorités le concours des « bons » citoyens, parfois massés par centaines aux côtés de la troupe.

L'apathie initiale des provinces offrait à Morny un motif tout personnel de satisfaction. Lors des premiers préparatifs de la conjuration, au cours de l'été précédent, il avait préconisé, contre l'avis de son demi-frère et de Carlier, d'agir en pleine session parlementaire. Selon lui, la présence à Paris des représentants de la nation ne favorisait pas seulement la rafle des plus récalcitrants d'entre eux. Elle les empêchait de soulever leur circonscription contre le coup de force du prince.

Le silence des campagnes prises au dépourvu lui donnait raison.

Toujours prompt à se satisfaire de lui-même, l'heureux stratège se répandit en nouvelles apaisantes, du même tonneau que celles qu'il avait télégraphiées le 4 au soir à la comtesse de Flahaut : « Insurrection vaincue. Troupes rentrées au repos. Rapports des départements excellents. Aucune ville ne prit part à l'insurrection. » À quoi bon dès lors tracasser le prince avec les fins fonds de nulle part ? Toute évocation de la province aurait été vaine, inaudible, tant que Paris s'ébrouait. Mais le poulpe vaincu ?

« Qui a Paris a la France », assurait Maupas dans la « note » qu'il destinait à son ministre. Et là, Morny n'était pas loin de l'approuver. 1792, 1830, février 1848 apportaient leur caution. Mais, cette fois, Paris à genoux, la France se coucherait-elle ?

Dès le 3, une résistance s'était esquissée dans quelques départements, attisée par les rares parlementaires montagnards ou les activistes qui avaient échappé au coup de filet. Plus encore que ces chanceux, ce furent les sociétés secrètes qui avaient sonné le branle-bas.

Dans les bourgs de quelque importance, mais aussi dans les villages, les hommes avaient coutume de se réunir en « cercles », assemblées informelles au café ou dans des établissements s'efforçant d'y ressembler, parfois gérés par les adhérents eux-mêmes. On y buvait, on y lisait le journal, un exemplaire unique circulant de main en main le plus souvent, l'abonnement demeurant hors de portée des foyers modestes. Ces nouvelles, on les commentait, et d'autant plus bruyamment qu'elles touchaient au débat politique. Plutôt que de clubs, on parlait quelquefois de « chambrées », dans le Var, notamment, ainsi nommées parce que leurs réunions se tenaient dans une chambre attenante à la salle du bistrot ou dans l'appartement du cafetier. Préfet de ce département en 1849, Haussmann avait âprement combattu ces chambrées. Plus généralement, la majorité conservatrice de la Chambre, celle des Burgraves, s'en était prise aux clubs. Leur existence s'en trouva assujettie à de telles restrictions que nombre de leurs membres versèrent dans des sociétés secrètes, véritablement clandestines et assorties d'un cérémonial quasi maçonnique.

Cette nébuleuse occulte, plaisamment présentée comme la « Nouvelle Montagne », relayait jusqu'aux confins les plus reculés la propagande des élus démocrates-socialistes. Garantes autoproclamées de la Constitution, ces organisations prohibées préparaient activement la campagne électorale de 1852. Fomentaient-elles un coup de force ? C'est en tous les cas ce qu'affirma haut et fort le parti de l'Élysée. Et c'est à elles que s'en prirent en tout premier lieu les préfets pour enrayer la résistance, soit en avançant l'heure de fermeture des cafés et des cabarets, leurs lieux de rassemblement privilégiés, soit en ordonnant leur fermeture pure et simple. C'était peine perdue. Rompues à l'exercice clandestin de leur apostolat, les sociétés secrètes dépêchèrent leurs membres actifs en d'incessants porte-à-porte, afin de mobiliser les républicains. On se réunit donc en plein air, dans le maquis ou, comme à Elbeuf, au fond de carrières, malgré la nuit, malgré décembre...

L'alerte en sourdine ne porta véritablement ses fruits que le 4, et mieux encore le 5. Les départements du Lot-et-Garonne, du Gers et de l'Hérault se signalèrent les premiers par des troubles inquiétants. Les clochers y sonnèrent le tocsin. Des bandes se formèrent, s'armèrent comme elles pouvaient. On brandissait dans leurs rangs moins de fusils que de fourches ou de faux. On s'empara de mairies au fronton desquelles fut hissé le drapeau rouge ; ici ou là, un comité emmené par quelque notabilité locale proclamait la « république démocratique et sociale »...

Ce furent les campagnes qui s'agitèrent, des bourgs, rien de plus, avec leur population colorée de rouliers, de flotteurs de bois, de bouviers, de débardeurs, de brassiers… Face à cette agitation principalement rurale, l'administration préfectorale rechercha l'apaisement, s'essaya à la négociation. Et souvent avec succès. Mirande, massivement soulevé dès le 4, son percepteur, son juge et son sous-préfet jetés en prison, rentrerait dans le rang sans effusion le 7.

Le sang coula néanmoins.

À Bédarieux, un insurgé et trois gendarmes furent tués, ainsi que l'épouse de l'un d'eux. À Béziers, des colonnes de paysans armés déboulèrent en ville et, au pied de la cathédrale, se retrouvèrent nez à nez avec la troupe. Bilan : huit morts parmi les insurgés, auxquels s'ajoutaient deux lignards. Morny avait-il connaissance de ces incidents au soir du 4 ? Ce qui est certain, c'est que nul à l'Intérieur ou à la Guerre ne prit sur lui d'en avertir le prince.

Le 5, alors que l'on s'efforçait de rendre à Paris sa bonne mine coutumière, la menace d'un soulèvement d'ampleur se dessina. La Nièvre, l'Yonne, mais aussi l'Allier et la Saône-et-Loire s'agitèrent en de multiples points. À Clamecy, l'appel aux armes tourna au carnage : on releva six morts dont un avocat, républicain sincère, pourtant, mais que sa mise soignée et ses ongles polis avaient désigné à la vindicte populaire. La fièvre ne retomba pas pour autant : le lendemain, la gendarmerie étant attaquée, l'un de ses défenseurs se retrouva isolé, puis blessé, avant qu'une dizaine d'enragés ne le massacrent à coups de pique ou de crosse. On découvrirait qu'un différend avait auparavant opposé la victime à l'un de ses bourreaux, la noblesse du combat politique ayant ici cédé le pas aux mauvaises querelles de clocher.

Cette journée du 5 fut surtout marquée par l'embrasement progressif des départements du Sud-Est. Le Gard, tout d'abord, puis le Var, les Basses-Alpes, jusqu'à la Drôme. La République puisait là un gros contingent de partisans. Elle s'y ancrait dans toutes les couches de la société, du prolétariat rural à la bourgeoisie lettrée. Des villages, des sous-préfectures parfois, versèrent dans la rébellion, le plus souvent sans violence. Un fait, toutefois, alarma vivement Saint-Arnaud et Morny : l'occupation de Digne, une préfecture ! Le 6, la garde nationale y avait levé la crosse : un gouvernement provisoire y fut proclamé. Il s'y maintiendrait trois jours. Un intermède, une récréation, en somme. À Barcelonnette, en revanche, un comité de salut public « légiférerait » encore le 12, décrétant rien moins que l'abolition de l'impôt, avant de se volatiliser.

La plupart du temps, l'apparition de la troupe, voire la rumeur de sa mise en mouvement, suffit à faire retomber la tension. On tua, certes. Quelques garçons fauchés – ou collés au mur – dans l'Yonne, dans la Nièvre, cinq ici, sept là... Encore un gendarme proprement massacré dans les environs de Marmande... Rien qui caractérise véritablement une guerre civile. À cette exception, peut-être : le 6, aux abords de Crest, dans la Drôme, quelques centaines de paysans armés de ce qu'ils avaient trouvé à la ferme, des fourches, des tridents, des fléaux, furent bousculés, perdirent deux des leurs et tuèrent deux soldats ; le lendemain, les mêmes et les quelques renforts qu'ils avaient reçus furent chargés comme à la revue par plusieurs escadrons, laissant cette fois plusieurs dizaines de morts et tuant trois cavaliers. À l'exception de l'émeute biterroise du 4, ce fut la seule bataille rangée du grand émoi national.

Ce qui frappe avec le recul, c'est l'absence totale de coordination entre ces multiples mouvements d'humeur. Comme leur dispersion. La mobilisation est certaine, et, cela, la République agonisante le dut au parfait maillage des sociétés secrètes, ainsi peut-être, peut-être seulement, qu'à leur préparation à une prise de contrôle du pays profond, à la faveur des élections de 1852. Mais quoi, en définitive ? Des rassemblements rarement menaçants, parfois même craintifs, des soulèvements épars… On s'empare d'une bourgade quand, à dix lieues de là, des frères d'armes ramènent le drapeau rouge et, sans un coup de feu, abandonnent leur conquête aux autorités. On s'arme de peu, ce qui, en passant, infirmerait la thèse d'un coup de force préparé de longue main. On marche beaucoup, d'un clocher l'autre, dans la nuit glaciale, dans les petits matins radieux de l'hiver ; on baguenaude. Et cela sans programme ni stratégie claire. On ne se réclame pas partout de la démocratie sociale. Surtout, on ne peut nulle part répercuter de mot d'ordre national ni même reprendre le cri de guerre d'un chef suprême. Faire mordre la poussière au président félon, oui, réaffirmer les termes la Constitution, moins. On ne sait ce qui, du viol de la République ou de l'aisance des possédants, irrite le plus.

Cette dispersion fatale produit des effets paradoxaux dans les territoires les plus accidentés. Ces reliefs où redoublent les rigueurs de l'hiver ralentissent les communications et les déplacements. On comprend la difficulté de coordonner le mouvement tactique. Pour autant, c'est cet isolement relatif qui permettra aux insurgés de tenir plus longtemps qu'ailleurs des localités telles que Forcalquier ou Barcelonnette. En ces vallées reculées, l'arsenal ultramoderne de la conjuration, le télégraphe, le train, voire le bateau à vapeur quand il s'agit pour elle de déplacer ses pions, perd de son efficacité. Les lenteurs de la « pacification » ne tiennent à rien d'autre.

Si la flambée manqua de cohésion, l'appareil répresseur, lui, tourna sans un raté. Avec plus ou moins de ponctualité, l'armée parut partout où les autorités civiles l'avaient mandée. Des départements furent soumis à l'état de siège, l'Hérault, le Gard ou le Vaucluse ; en pareilles circonstances, c'était à prévoir. Et, là où l'inflammation menaçait de purulence, Morny dépêcha des commissaires extraordinaires, dotés de pouvoirs exorbitant du droit commun. Ainsi Carlier reprit-il du service, couvrant de son autorité retrouvée les préfets du Cher, de la Nièvre et de l'Allier. Le retour sur le devant de la scène du « bûcheron des arbres de la Liberté » causa une bien amère surprise à son successeur à Paris, Maupas, et creusa un peu plus le gouffre qui séparait ce dernier de Morny.

Cohésion, rapidité dans l'action et richesse d'expédients administratifs délogèrent sans mal les insurgés de leurs bastions. Et, affamées, grelottant dans la nuit de l'hiver, leurs bandes peinèrent bientôt à soulever les populations des localités du voisinage. On les y accueillait les armes à la main. À peu près partout, les maires ou les sous-préfets trouvèrent des administrés en armes pour les seconder. Les citoyens sans histoires n'ont jamais bonne presse. On leur préfère les idéalistes désemparés, quitte à leur passer des manières parfois proches du maraudage. Seulement voilà, puisqu'elle délègue son sceptre au parti du plus grand nombre, la démocratie ne peut négliger la *majorité*, celle que la suffisance des commentateurs qualifie de « silencieuse ». En cette deuxième semaine de décembre, ce furent, plus que les soldats, les « bonnes gens » qui sonnèrent la fin de la partie.

Peut-on parler de guerre civile ? Ces mots, Morny les avait jetés à la face de son demi-frère au soir du 3. Il est vrai que les Français, d'aussi loin qu'ils puissent s'identifier ainsi, cèdent avec une constance rare à la tentation de s'entre-égorger. Ici ce sera pour sa foi, là pour ses idées. Ou le fond de son assiette, pourquoi pas. La guerre civile est un peu comme un virus endémique, qui reparaîtrait sous les cieux plombés des hivers de notre histoire. Cet épouvantail, on le manie toujours un peu à la hâte. Tout gouvernant, tout chroniqueur confronté à une mutation sociale virulente décrète le pays « au bord de la guerre civile ». Il en avait été ainsi en de nombreuses occasions depuis la Restauration ; il en irait de même pour deux siècles au moins. C'est une commodité.

Louis Napoléon, peut-être, crut la voir se dessiner. C'est pourquoi, dès le 7, il fit publier dans la presse un décret tout d'abord formulé comme une profession d'apaisement : « Il n'est pas besoin de faire couler un sang précieux » puisque chacun pourrait s'exprimer à bulletin secret à l'occasion du plébiscite imminent.

Mais, en attendant, gare : « L'on a vu combien il était insensé de lutter contre une armée unie par les liens de la discipline. » Dans le même temps, Saint-Arnaud promettait le peloton à « tout individu pris les armes à la main, construisant ou défendant une barricade », l'hymne de la fonction, en somme. Une rengaine bien rodée car, dans le fond comme sur la forme, le ministre de la Guerre ne décelait qu'une jacquerie. Ce fut tout au moins le fantasme de la jacquerie qu'entretinrent ses communiqués aux commandants de divisions et de subdivisions militaires. Le 9, alors même que l'agitation s'essoufflait, il assénait :

> *Des bandes qui apportent le pillage, le viol et l'incendie se mettent hors des lois. Avec elles, on ne parlemente pas, on ne fait pas de sommations : on les attaque, on les disperse. Tout ce qui résiste doit être fusillé au nom de la société en légitime défense.*

Saint-Arnaud ne menait pas une guerre, il conduisait une opération de police.

Anarchistes, démagogues, « furieux démagogiques », brigands, pillards, cannibales, les mots ne manquèrent pas aux autorités pour qualifier leurs adversaires. Elles ne traduisaient que le sentiment confus des populations, un discrédit massivement partagé, même dans les départements les mieux disposés à la résistance républicaine, les Basses-Alpes, l'Yonne ou la Nièvre…

Parmi les quelque 26 000 insurgés arrêtés à travers le pays, y compris à Paris ou à Lyon, on dénombra 5 423 petits cultivateurs et 4 350 journaliers. Ceux-là, armez-les de faux et de fourches, menez-les à la torche sur les chemins, et le pékin de sous-préfecture n'y voit plus que des écorcheurs aux ongles noirs et au cul terreux. Le vagabondage est alors un délit, et les résistants ne sont que des errants.

Les divagations de Romieu n'avaient excité qu'une appréhension latente. Au printemps 1850 déjà, Mme Dosne, la belle-mère si bien attentionnée d'Adolphe Thiers, suspectait les démoc-socs et « les ouvriers des faubourgs [de vouloir] faire une sorte d'enlèvement des Sabines parmi les filles et femmes du monde afin de les unir à des artisans ». Après cela, comment retenir la hargne névrotique d'un Viel-Castel ? « Les bandes socialistes, maîtresses de Clamecy, se sont fait servir à dîner et ont conduit trente-huit des plus jolies et des plus jeunes femmes et filles de la localité à les servir dans un plus complet état de nudité. Les malheureuses ont été violées sur la place publique. Les prêtres liés à des poteaux assistaient à ces saturnales. » Et dire que ce nouveau Sade au regard las deviendrait conservateur du Louvre ! Avec sa trilogie fonctionnelle des plus strictes – « le pillage, le viol et l'incendie » –, Saint-Arnaud aurait pu passer pour janséniste. Mais qu'en fut-il vraiment ?

Des bandes jetées sur les routes, sans encadrement, parfois même sans vivres, ne pouvaient que chahuter. On bouscula donc, on chaparda. Les injures brisèrent les tympans des nantis. Comment en aurait-il été autrement ? Pour beaucoup, l'instauration de la république sociale s'apparentait à une revanche. Mais de là à invoquer les compagnies affamées de Jacques Bonhomme, ivres d'occire les féodaux et d'abolir leurs donjons… Préfets à poigne et commissaires à gourdin eurent beau cultiver des accents pathétiques, ils n'enregistrèrent que de menus larcins et de rares violences gratuites. On tua l'épouse d'un gendarme, oui, et peut-être par mégarde ; à Neuvy (Nièvre), un enragé tira sur un curé (et le manqua) ; à Cuers (Var), de macabres guignols démembrèrent un brigadier dans un concert de moqueries obscènes... Des conquérants d'un jour brûlèrent joyeusement les archives ici d'une mairie, là d'une perception. Il est certain que l'on régla des comptes personnels à la faveur d'une agitation collective, mais il n'y a véritablement que l'Yonne où des meutes passablement avinées se répandirent en menaces de mort et d'incendies. Les vierges forcées, et leurs mères avec, tandis que rôtissent leurs pères, tout cela ne relève que du fantasme autodéfensif des notables.

Louis Napoléon, pourtant, parla bien au comte Apponyi de « jacquerie ». Quant à Morny, s'il se représentait bien comme une « guerre civile » la répression à laquelle il avait forcé son demi-frère, il assomma bientôt ses subordonnés avec un risque d'une « guerre sociale », reconnaissable « à son caractère d'incendie et d'assassinat ». Et sa correspondance comme sa conversation ne se priva jamais du terme « jacquerie » pour qualifier les émotions provinciales.

« Jacquerie », c'était doublement commode.

En réveiller le souvenir réduisait l'élan national de contestation à une flambée de brigandage. La riposte sombrait ainsi parmi les forfaits de droit commun. Et nul à l'avenir ne pourrait concevoir que le règne qui s'annonçait aurait pu procéder d'une guerre civile. En clair, le coup d'État n'avait pas soulevé d'opposition politique.

Ensuite, le ténébreux archaïsme agglomérait à l'idée de chaos des images confuses de bain de sang et l'âcre fumet des granges brûlées. Le sac de Rome ou les raids vikings n'auraient pas mieux épouvanté les « forces vives » du pays, c'est-à-dire tous ceux qui avaient quelque propriété à défendre, quelque position à perdre. Morny, qui maniait jusqu'à l'extase le vieil épouvantail, était de ces possédants. Il n'est que de se référer aux télégrammes dont il inonda la comtesse de Flahaut, celui-ci par exemple : « Émeute vaincue et terrifiée. On arrête les chefs encore en liberté. Nouvelles des départements continuent à être excellentes. Les rentes à cette heure sont à 96 francs, 4 francs de plus qu'hier. »

La rente, le cours des denrées, la production manufacturière comme l'extraction minière, l'avancement administratif, pourquoi pas, toute cette frénésie bien réglée ne pouvait s'accommoder du chaos, ou de l'anarchie, qui n'est autre que le chaos bien installé en ses meubles. Et les possédants donc, producteurs ou négociants, terriens ou financiers, grossissaient les rangs des orléanistes et des légitimistes, comme ceux des républicains modérés. Pour ces opposants de principe à Louis Napoléon Bonaparte, il n'était plus temps de finasser. Le canon sonnait l'heure d'un ralliement tactique. Un humaniste comme Montalembert s'y résolut, non pas en ultramontain pudibond mais en authentique catholique, animé de sollicitude : « Voter pour Louis Napoléon [à l'occasion du plébiscite], ce n'est pas approuver ce qu'il fait, c'est choisir entre lui et la ruine totale de la France. »

La hantise des jacqueries ralliait au prince le « parti de la peur ».

Et ce ralliement instantané, massif, autorisa César aux mesures les plus fermes. Ne serait-ce, par exemple, qu'« avoir fait partie » d'une société secrète exposait maintenant à des peines d'emprisonnement – cinq à dix ans ! – ou à la déportation en Guyane ou en Algérie. Et tandis que la fonction publique intermédiaire et territoriale subissait une épuration implacable, se forgeaient le discours et l'arsenal d'un véritable État policier.

La normalisation n'en fut pas moins bien accueillie. Des rapports de sous-préfets, d'officiers subalternes, en prise directe avec l'humeur du terrain, témoignèrent de transports de soulagement, peut-être exagérés mais pas feints. Ainsi un capitaine put-il prétendre, du côté de Clamecy : « Les femmes, les enfants, les vieillards pleurent de joie en nous voyant passer, tous se précipitèrent devant nous à notre approche. »

Pour prix de sa grande peur et en compensation de ses libertés rognées, cette bonne population put dès lors s'abandonner à un accès d'euphorie économique comme le pays en connaîtrait rarement.

Dès le 8 décembre, il était acquis que le pays suivrait. Douze jours plus tard, le 20, les Français confirmeraient leur approbation sans appel. À la proposition :

Le peuple français veut le maintien de l'autorité de Louis Napoléon Bonaparte et lui délègue les pouvoirs nécessaires pour faire une Constitution sur les bases proposées dans sa proclamation du 2 décembre,

7 481 231 électeurs mâles jouissant de leurs droits civiques se prononcèrent favorablement. En face, seulement 647 292 « Non » et 37 107 bulletins nuls. Seuls 15 % du corps électoral s'étaient abstenus. Qui avait parlé de guerre civile ?

Le 11 décembre, Victor Hugo grimpait dans le train pour Bruxelles sous l'identité de Jacques Firmin Lanvin, ouvrier typographe. Il ne reverrait Paris qu'après dix-huit ans, huit mois et vingt-cinq jours d'exil.

Les conjurés auraient pu fêter leur victoire. Se retrouver un soir dans l'intimité un peu mièvre du Salon d'argent n'aurait pas manqué de style. Y sabler le champagne aurait collé pile à l'impudence de ces adeptes de la roulette russe. On s'en garda bien. Ayant chaussé les bottes du pouvoir personnel, Louis Napoléon saisissait parfaitement l'ampleur de la tâche. Il n'en fit pas moins célébrer un Te Deum à Notre-Dame le premier janvier et s'installa au château des Tuileries le surlendemain.

Persigny exultait, certes. Il courait Paris clamer sa joie et rappeler à chacun la prescience dont il avait fait preuve. « Les dévouements pleuvent comme les feuilles en automne. Le sol et les airs en sont jonchés. On ne sait plus où mettre les pieds pour ne pas écraser quelque homme dévoué. Nous avons pour le moins autant de bonapartistes du lendemain que nous avons eu de républicains. » Il ne s'abusait pas.

Plus réservé mais non moins satisfait, Maupas dressait les statistiques, des morts, des blessés, des incarcérés… Il travaillait à sa « note » et n'en relevait le front que pour attribuer des récompenses aux serviteurs les plus téméraires.

Saint-Arnaud caressait sans y croire un bâton de maréchal, quant à Fleury, il lustrait ses soutaches de colonel et les croupes des chevaux d'un empereur.

Il n'y eut que Morny pour fêter *sa* victoire. Il reprit le chemin du bel hôtel que Fanny Le Hon et son barbon de mari occupaient sur le rond-point des Champs-Élysées. Leurs liens s'étaient resserrés dans l'épreuve. Il y avait presque vingt ans qu'un coup de foudre comme on n'en connaît qu'un dans sa vie les avait instantanément jetés dans les bras l'un de l'autre. Non pas soudés l'un à l'autre, car l'amant demeurait volage, et la maîtresse peut-être, mais avec le temps mille liens s'étaient tissés entre eux, et de mille natures différentes. Une enfant était naturellement née de cet amour en 1838, Louise-Léopoldine, qui ne valut qu'un andouiller supplémentaire à la couronne de corne de l'ambassadeur Le Hon. L'amant pousserait même la galanterie jusqu'à réclamer la Légion d'honneur, ainsi qu'un siège d'auditeur au Conseil d'État en faveur du jeune Léopold Le Hon, fruit tout aussi illégitime d'une liaison plus ancienne de la belle.

Elle-même fille du célèbre banquier François-Dominique Mosselman, Fanny s'y entendait en affaires. Morny aussi, bien qu'il ne répugnât pas à jouer comme sa tête sa fortune et celle des autres. L'anéantissement de la riposte et son absolution par le suffrage populaire valait pour l'une comme pour l'autre toutes les martingales. « Ma bonne amie, vous avez misé sur le bon cheval. Nous allons connaître, vous et moi, une prospérité dont vous ne soupçonnez pas l'ampleur ! »

De quoi s'exalter, en effet, et répandre autour de soi son humeur badine. À Jules Baroche, un proche du prince, futur dignitaire de l'empire, qui était intervenu auprès de lui pour faire élargir un ami incarcéré sans discernement, Morny avait répondu : « Mon cher Baroche, j'ai donné l'ordre hier. Je vais le renouveler. Le zèle de la police est en ce moment tellement excité que je ne serais pas étonné d'être arrêté moi-même et que je vous conseille de faire attention à vous. »

La réussite, la fortune, la belle humeur et le pouvoir, toutes les faveurs du monde souriaient à Morny, et pourtant l'horizon se bouchait. Se crut-il indispensable à son demi-frère ? Supérieur à lui ? Lui fit-il sentir trop sèchement ce qu'il lui devait ? Peut-être, car dès lors Louis Napoléon le trouva « envahissant ». Le 28 décembre, stratège triomphant, Morny était reçu à dîner au palais de l'Élysée en compagnie de la belle Fanny. Mais de l'insigne faveur ils tirèrent l'un et l'autre mauvais parti. « Sans moi, le président serait bien seul », crânerait le stratège sous les lambris du Jockey Club, tandis que sa maîtresse, toujours en relation avec la reine Marie-Amélie, écrirait à celle-ci : « Ici, on ne saurait se passer d'Auguste… » C'était méconnaître la susceptibilité des sphinx.

Le coup avait réussi ; le plébiscite l'avait ratifié ; il ne restait à Morny qu'à organiser les élections du Corps législatif fixées au 29 février et au 14 mars. L'échéance garantissait quelque quiétude. Mais César, décidément, ne pardonnait pas le sang dont on l'avait éclaboussé. Au soir des résultats du plébiscite, il avait prononcé des paroles ambiguës : « La France a compris que je n'étais sorti de la légalité que pour rentrer dans le droit. Plus de sept millions de suffrages viennent de *m'absoudre.* » L'absoudre de quoi ? Du sang versé, et versé inutilement. De manière tout à fait incidente, les troubles de province avaient apporté la démonstration que la stratégie adoptée à Paris par Morny – et approuvée de gaieté de cœur par Saint-Arnaud – n'était pas la bonne. Le cas de Lyon la réfutait.

La capitale des soyeux prospérait sur un volcan de subversion ; quand les canuts s'y insurgeaient, et c'était fréquent, le feu roulait. Pourtant, au cours des journées de décembre, Lyon n'avait pas bougé. Le général de Castellane, craignant la mobilisation des sociétés secrètes, avait dès le 3 fait patrouiller de grosses formations en de multiples points – exactement ce qu'avait demandé Maupas à Paris. Le préfet prévenait les manifestations ; la cavalerie et l'artillerie en nombre de Castellane les intimidaient. Pour Louis Napoléon, il devenait évident que ce n'était pas tant l'importance de la riposte qui avait déchaîné la violence dans la capitale que les égarements de son demi-frère dans ses choix stratégiques.

Il n'y avait pas que le sang versé qui importait à César, mais encore celui qui coulait dans ses veines et dans celles de son frère utérin. Ce lien-là l'embarrassait.

Tout d'abord, parce que la légitimité de sa propre filiation était sujette à racontars. Hugo lui-même reprit à son compte cette galéjade selon laquelle le futur empereur n'aurait été que le bâtard de la reine Hortense et d'un amiral batave de l'entourage du roi

Louis, le bel et fringant Ver-Huell. L'omniprésence à ses côtés d'un demi-frère illégitime ne contribuait qu'à alourdir le soupçon de mœurs relâchées qui pesait déjà sur l'ex-reine de Hollande.

Ensuite, parce que César ne voulait pas d'un « Monsieur Frère », tout au moins pas si tôt. Or Morny s'accommodait trop plaisamment du rôle. Il fleurissait sa boutonnière d'un hortensia, allusion trop limpide à la reine Hortense, sa mère, à lui aussi ; il se vantait d'une intimité toute particulière, toute protectrice, avec le prince... Persigny, qui ne l'aimait pas, rapportait le moindre écart à son maître. Et celui-ci ne décolérait pas.

En outre, Morny donnait la très nette impression de vouloir faire le vide autour du nouvel homme fort, promis à la dignité impériale. Persigny, sans pour autant être ministre, pouvait prétendre assister aux conseils, tout au moins tant que le nouveau régime ne serait pas stabilisé. Le prince s'y montrait favorable. Son demi-frère s'y opposait avec une ténacité suspecte.

Pire, il fit espionner Maupas. Et par Carlier, qui plus est. Carlier, plus jaloux que jamais d'avoir été évincé de la combinaison gagnante ! Il est vrai que le prédécesseur de Maupas faisait le siège du ministère. Il y répandait les rumeurs les plus venimeuses sur le jeune préfet de police. L'éloignement momentané ne l'arrêtait même pas. Depuis son austère retraite normande, il continuait d'accabler son concurrent de calomnies, et le ministre d'offres de service : « Je reste ici à soigner les affaires jusqu'à ce que vous me fassiez signe de revenir. Si vous aviez besoin de moi pour quoi que ce soit, je serais à Paris quatre heures après l'avis que vous m'en ferez donner. » Le pot aux roses fut découvert par les agents de Maupas : des rapports de Carlier annotés de la main de Morny… C'était le 14 janvier. Avant de transmettre ces pièces au prince, le préfet désira leur confronter son ministre : celui-ci se récria jusqu'à ce que l'offensé lui collât les minutes compromettantes sous le nez. L'algarade se poursuivit dans le cabinet du président, sous l'œil compassé de Mocquard. De ce véritable vaudeville, « à la condition d'être ressaisi par Tacite », aurait précisé Hugo, il ressortit que Louis Napoléon avait bien l'intention de se débarrasser de son demi-frère, mais que, pris de cette prémonition, l'intéressé avait présenté sa démission avant même que la sentence tombât.

Comment un homme aussi fin, aussi madré que Morny, avait-il pu laisser parler à ce point ses inimitiés ? Comment avait-il pu s'acharner sans motif clair contre ses complices ? Toute sa vie, il démontrerait ses dons de manœuvrier, doué d'esprit, sachant dissimuler, manipuler… Là, le coup joué, il courut à l'impasse, tout empourpré de sa baraka. C'était peut-être *la* leçon qui lui manquait encore.

À ses proches – Fanny, Flahaut, les filles de celui-ci… – Morny ne cacherait jamais cette vérité : il s'était fait sacquer. On sauverait les apparences, cependant.

La confiscation des biens de la famille d'Orléans, exigée par Louis Napoléon, accaparait alors les esprits. Cette spoliation pouvait se justifier du point de vue du droit coutumier ; elle ne faisait que sanctionner la cupidité de Louis-Philippe qui aurait dû en accédant au trône déléguer sa fortune personnelle au trésor de la Couronne. Elle ne passa dans l'opinion que pour une basse vengeance. Elle heurtait le gouvernement.

« Le premier vol de l'aigle » passait pour un faux pas de mauvais augure. Le 22 janvier, plusieurs ministres démissionnèrent, dont Eugène Rouher, on se demande pourquoi. La coïncidence était trop belle. Morny s'accrocha bruyamment à ce train providentiel de moralistes. Le limogé se fit démissionnaire. Et la postérité conserva de lui la mémoire d'un orléaniste fidèle à ses allégeances. La belle histoire…

Un gang d'aventuriers ne fait pas un ordre de chevalerie. L'on n'y fraternise pas en pairs solidaires, tenus par un serment. Une bande, on n'y entre et l'on n'en sort jamais qu'en complice. On y joue les utilités.

Morny, comme Rouher, reviendrait sans tarder aux affaires. Au premier acte de la modernité, on ne conservait pas béantes ses blessures d'orgueil. Un seul, peut-être, accepterait le fardeau du remords, parce que, aventuriers ou non, il en faut toujours un dans une meute qui endosse la bure du Samaritain. Parce que celui-là s'attelait au fardeau de dix-huit années de règne.

Pas de chantre pour le règne

> « Ah quelles terribles cinq heures du soir ! Le sang, je ne veux pas le voir.
> Ah quelles terribles cinq heures du soir !
> Le sang, je ne veux pas le voir
> [et ainsi à plusieurs reprises]. »
>
> Jean-Luc Godard et Remo Forlani,
> *Pierrot le Fou*, 1965

— « La France vient de m'absoudre. » Mais de quoi, je vous le demande ? Ah oui, les morts ! Combien, d'ailleurs ? On parle de mille à travers tout le pays. Et parfois de plus encore. Mais il y a plus cruel peut-être : la terreur. La chasse. Imagine-t-on l'arrestation de 23 903 personnes ? En six semaines ? Ça bouchonne à l'entrée des prisons. Celles-ci sont si pleines qu'on rouvre de vieilles forteresses désaffectées depuis la Révolution, ou parfois même depuis la traque des Camisards. On en vient finalement à renoncer aux incarcérations, oui, la taule refuse du monde, on se contente d'un interrogatoire, de quelques noms balancés, et puis hop, dehors ! Et, pour soulager l'administration pénitentiaire, et seulement pour cela, on relâchera avant la fin du mois de février 9 245 suspects écroués !

En définitive, trois mille hommes purgeront des peines de prison et, écoutez bien, près de dix mille seront déportés en Algérie ou en Guyane ! L'Administration, scrupuleusement comptable du prix de la croisière, parlait alors de *transportation*. Il vous suffisait d'être affilié à une société secrète pour écoper de cinq ans à Lambessa, un bagne tout neuf, tout exprès, à proximité de Constantine. Et pour être traité là-bas comme des criminels de droit commun. Des vies ruinées. Et combien de familles irréprochables mais défaites pour un fils, pour un père simplement convaincu de « sympathies » ?

— Je vous arrête, mon jeune ami...

— Vous vous payez ma tête ?

— Oh non ! De grâce, ne faites pas la bête ! Je vous interromps, si vous préférez. Ces excès sont le fait du décret pris par Morny le 8 décembre, en plein échauffement des provinces. Nous ne pouvions laisser la fièvre se répandre. Il fallait se donner des moyens exceptionnels que le droit commun nous refusait. C'était encore le plus sûr moyen d'épargner au pays la guerre civile.

— Ne croyez-vous pas que la terreur est un remède pire que le mal ?

— La *terreur*... Ah çà ! Vous soufflez le mot, et tout est dit.

— N'aviez-vous pas déclaré : « Il est temps que les bons se rassurent et que les méchants tremblent » ? Et de quoi tremble-t-on si ce n'est de terreur ?

— C'est pour la dissiper que dès la fin janvier Persigny et moi avions préconisé l'élargissement des suiveurs, afin de ne concentrer nos efforts que sur les meneurs. Et c'est dans le sincère espoir de réparer les injustices persistantes que je fis dépêcher des commissaires extraordinaires dans les départements un moment tentés par la sédition. Je souhaitais gracier, tout au moins alléger les peines infligées aux moins pervertis de mes détracteurs…

— Mais alors, pourquoi avoir confié cette mission de révision des peines à vos complices parmi les plus impliqués dans le coup d'État ? Au colonel Espinasse, le naufrageur de l'Assemblée ! au général Canrobert, le mitrailleur des Boulevards !

— À Quentin-Bauchart également, je vous le rappelle, un républicain, un homme pondéré, attaché aux libertés…

— Un rallié, oui ! Un transfuge pompé de sa moelle !

— Comme vous voudrez, jeune homme, mais à lui seul, il a accordé trois mille quatre cents grâces.

— Peut-être, mais combien pour les deux autres ? Quelques dizaines, allez, quelques centaines ? Et puis, vous oubliez un autre général, qui a écumé sans plus de résultat les prisons de la banlieue parisienne…

— Oh vous me barbez, à la fin ! Vous parlez de neuf mille cinq cents transportés. Six mille ont effectivement quitté la France, et sur ce contingent, dix-huit mois plus tard, trois mille étaient déjà revenus. Je n'ai pas marchandé ma grâce. Frapper durement au plus fort de la crise, marquer les esprits, puis pardonner sans tarder, tel a été mon parti. Je ne connais aucune révolution nécessaire qui ait fait l'économie d'une vague de répression. Vous noterez de surcroît que, dès que le pouls du pays m'a semblé apaisé, j'ai fait voter une loi d'amnistie générale. Tous les déportés, tous les exilés sont rentrés, à l'exception d'adversaires irréductibles. Dont Hugo, bien sûr. Ah ! la noble posture ! « Si l'on n'est plus que mille, eh bien, j'en suis ! Si même / Ils ne sont plus que cent, je brave encore Sylla… » Et puis quoi déjà ?

— « S'il en demeure dix, je serai le dixième… »

— Merci. « Et s'il n'en reste qu'un, je serai celui-là ! » Je l'admire, je ne mens pas, mais il se hausse un peu du col, en la circonstance. D'autres amnistiés que lui ont refusé ma main tendue, Félix Pyat, Louis Blanc, Martin Nadaud, Victor Schœlcher, Edgar Quinet…

— « Je ne suis ni un accusé, ni un condamné, je suis un proscrit. J'ai été arraché de mon pays, pour être resté fidèle à la loi », etc. Et puis : « Ceux qui ont besoin d'être amnistiés, ce ne sont pas les défenseurs des lois ; ce sont ceux qui les renversent. »

— Vous n'avez pas l'air d'un proscrit, là. Au reste, ces mots ne sont pas de vous. De qui ?

— Quinet, puisque vous en parliez.

— …

— Et puis, pouvez-vous arrêter un peu, avec vos cigarettes, je ne supporte pas la fumée.

— C'est que, voyez-vous, je le fais un peu exprès.

— …

— Allons, trêve de citations, mon jeune ami, trêve d'emprunts. Vous êtes mûr, désormais, pensez par vous-même… Quant à moi, je vous livre cette vérité : je n'ai pas voulu les morts. Il n'y en a pas eu autant que vous le prétendez, mais qu'importe, après tout, s'il n'y en avait eu qu'un, là encore…

— Alors, combien ?

— Cette question, je l'ai posée cent à fois à Maupas. À Morny, surtout. Je n'oublierai jamais les fronts crispés, les mines fuyantes, le 4, à cinq heures du soir, à l'annonce qu'on me fait de la tuerie des Boulevards. Tout ce sang sur les trottoirs. Franchement, je…

— Combien !

— À Paris, la préfecture après enquête minutieuse donna deux cent quinze morts, dont trente-sept malheureux fauchés sur les Boulevards. Après coup, enfin, si je puis dire, *Le Moniteur* publia un bilan total de trois cent quatre-vingts civils tués et vingt-six pour la troupe. Dans le reste du pays, on n'avait pas comptabilisé plus de deux cents morts…

— Ce sont des chiffres officiels !

— Ce sont les chiffres qui me sont remontés ! Un bilan dressé par les autorités de police et militaires à des fins internes ! Eux n'en avaient rien à faire, du nombre des morts. Dix ou mille, ils s'en tapaient le coquillard, si vous voulez savoir. Affilié ou renard enragé, ils ne faisaient pas la différence, les rosses ! Ils ne dressaient pas de macabres statistiques, ils présentaient un tableau de chasse ! Ce sang, je l'ai bu jusqu'à la lie. « Tu portes le 2 décembre [sous-entendez les morts du 4 et les autres] comme la tunique de Nessus », n'a cessé de me seriner l'impératrice. La tunique de Nessus, cela ne vous dit rien, n'est-ce pas ? Hercule, Déjanire… C'était pourtant bien trouvé pour moi, Nessus, un centaure…

— Oh, ça va, ça va… Pour le peu que j'en sache, à part Chiron, les centaures brillent surtout par leur brutalité. Et toc !

— Il suffit ! Pour six cents morts au grand maximum, vous me foutez le règne en l'air ! Que voulez-vous que je vous dise, au milieu du gué, hein, que fait-on ?

— Que faites-vous ?

— J'allume une cigarette.

— Oh non !

— Vous l'avez bien cherché, mon jeune ami. Où en étais-je ?

— Au milieu du gué.

— Oui, eh bien quoi ? Aller de l'avant ? S'en retourner ? Face à la décision on est seul. La voilà, la solitude au milieu du gué ! On ne joue plus. C'en est fini du coup de dé. L'heure a sonné d'assumer. Retourner en arrière, c'est se condamner. C'est pousser la porte du tribunal de l'histoire convaincu de sa culpabilité. Que dire après cela ? « Submergé d'humanité à la vue du sang versé, il renonça bien sagement à son coup de force » ? Non mais vous plaisantez ? J'aurai déjà droit à : « Épouvanté par la boucherie de Magenta, il précipite les pourparlers et signe à la hâte la paix de Villafranca ! » Ou encore à : « Ne voulant faire couler davantage de sang français, il livre Sedan sans combattre. » Au jeu du 2 décembre, ces pudeurs n'étaient pas de mise. Vous les imaginez, les Burgraves, les rouges ? « Il n'avait pas les nerfs, il n'avait pas l'envergure », ou : « Jamais deux sans trois : Strasbourg, Boulogne, Paris… ». Vous parlez d'un périple ! Un Bonaparte ne peut se résoudre à ces queues de poisson. J'ai laissé faire.

— Ce qui est tout aussi coupable…

— Une conjuration de cette ampleur est une aventure sans retour.

— Je retiens surtout l'« aventure » et les aventuriers.

— Retenez ce que vous voudrez. Car, oui, la captation du pouvoir s'est opérée par la poigne d'aventuriers, d'échoueurs, comme a pu l'être Saint-Arnaud, d'affairistes, comme mon demi-frère, de prêcheurs hallucinés, tel Persigny, d'ambitieux, Maupas, de renégats, Rouher… pas tout à fait en rupture de ban, mais que leur situation, leur implication déliaient du monde d'avant. Ils ont ainsi ouvert la porte à des hommes neufs.

— Je vois surtout les fantômes de l'Empire, je veux dire du Haut Empire, les Ney, Reille, Exelmans, Montebello…

— Allons… des aides de camp, rien d'autre, des enseignes tutélaires dont on orne les loges d'honneur… Je vous parle moi d'hommes à l'œuvre, de ceux qui ont fait la modernité du règne. Des hommes neufs, parfaitement, c'est-à-dire des inconnus pour la plupart, des techniciens, peut-être, mais besogneux, dévoués au pays. Tandis que la classe politique traditionnelle, brillante parfois, bavarde toujours, se tenait à l'écart d'un débat de toute manière atone, ces hommes-là ouvrirent la France au progrès, en silence, presque. C'est à peine si vous et vos semblables vous rappelez les noms de Fould ou de Rouher. Alors, les Magne, Ducos, Béhic, Billault, Duruy, Chasseloup-Laubat, Humblot, pourquoi pas ? Ils ont travaillé dur, pourtant, croyez-m'en. Parfois même avec brio. Billault fut un orateur redouté. Ces hommes-là ont construit la France d'aujourd'hui. Ses réseaux routiers et ferroviaires, ses canaux, ses ports. Ils ont doté le pays de la flotte la plus moderne du monde. Ils ont amélioré le sort des campagnes et transfiguré les villes. Ne souriez pas. On ne veut parler que de prolétariat urbain, mais la France d'alors, elle travaille aux champs ! Non, je n'ai pas fini. Victor Duruy voyait si loin dans ses réformes de l'enseignement qu'il en inquiétait les républicains : il leur coupait l'herbe sous le pied ! Voulez-vous que je vous dise, mon règne s'apparente à une mue. Il fallait des compétences, pour un tel prodige ! Pas des ténors, pas nécessairement des penseurs ou des conceptuels… C'est pourquoi on a réduit mes ministres aux commodités des chevilles ouvrières. La France est assoiffée de héros. La jeunesse parfois suffit à l'étourdir. Je ne lui ai donné que des hommes ca-pa-bles. Elle me le pardonne mal.

— Des hommes capables, peut-être, mais des esprits vulgaires. Ils n'ont pas accompli la mue, ils ont négocié un virage, celui du matérialisme, de la cupidité…

— Vous rabâchez comme un chanteur de rue ; c'est toujours le même refrain. Mais la monarchie de Juillet ne fut pas moins matérialiste, et la IIIe République ne sera pas moins brutale.

— Vos parvenus ont justifié leurs mœurs de phacochères par ce seul mot d'ordre : « Progrès ! » Mais la misère qui n'a cessé de grandir a vidé celui-ci de son sens.

— J'ignore ce qu'est un « phacochère ».

— Peu importe, ce que je veux dire, c'est que la vulgarité de ces mœurs, plus que l'apathie politique, a détaché l'intelligentsia de votre trône.

— Parce que vous croyez que cette intelligentsia s'est plus attachée au trône de ce *kleiner Niemand* de Louis-Philippe ?

— J'ignore ce qu'est un *kleiner Niemand.*

— Comment dirais-je, alors… *Little nobody*, si vous préférez…

— Passons. Je voulais dire qu'on entendait alors les voix de Lamennais, de Lamartine, de Tocqueville, de Hugo…

— Des voix qui fustigeaient le pouvoir, le plus souvent, mon jeune ami. Lamartine lui aussi « se détache du trône », ce me semble - oui, je rallume une cigarette, au risque de vous incommoder –, quant à Lamennais, permettez-moi de vous rappeler que la justice du roi l'a expédié en prison. Et vous omettez soigneusement de citer Chateaubriand…

— Mais Victor Hugo ?

— Eh bien, parlons-en, puisque c'est bien là que vous vouliez en venir.

— Vous l'avez trahi.

— Non mais, voyez-vous cela ? Je l'ai admiré, soyez-en sûr. Nous avons marché côte à côte, quelque temps. En toute intimité, en toute amitié, presque. Nous partagions nos marottes. Notre-Dame de Paris, par exemple. Nous devions tout bonnement *reconstruire* la cathédrale, comme nous devions reconstruire la nation, et relever à chacune son emblème, sa flèche. Seulement, le chantier de sa restauration s'enlisait. Nous avons tous deux, de conserve, appuyé le vote de budgets nécessaires à sa relance. Sans cela, Notre-Dame se serait érodée comme un pain de sucre sous l'averse. Ah Hugo ! Qui aurait résisté à son verbe ?

Il m'a aidé, et ne s'en cache pas. C'était époque où la presse découvrait qu'elle pouvait fabriquer de toutes pièces un chef d'État. Vous pouvez comprendre cette exaltation.

— Parce qu'elle ignore que ce chef agira en dictateur.

— Savait-elle mieux quelque cent soixante-six ans plus tard qu'elle accoucherait de Jupiter ?

— C'est malin.

— Hugo finançait le journal de ses fils, Charles et François-Victor, de petits-crevés fort imbus de leur influence toute neuve, cela soit dit en passant. Et ce journal, *L'Événement*, avait efficacement soutenu ma candidature. La veille de l'élection présidentielle, il titrait en une « Le candidat des classes souffrantes », au-dessus de mon portrait pratiquement en pleine page. Le soutien n'était pas des moindres, car là, quel que fût le sujet, vous aviez des signatures : Sand, Gautier, Nerval… M. Hugo espérait en moi. Nous cherchions la même lueur à l'horizon. Bien longtemps après, il le confesserait encore : « Nous avons voté pour lui parce qu'en face de tant de prétentions monarchiques nous trouvions utile qu'un prince abdiquât ses titres en recevant du pays les fonctions de président de la République », et plus loin, si je ne m'abuse : « Dans ce condamné politique, il y avait une intelligence ; dans ce prince, il y avait un démocrate. »

— Oui, mais là, c'est sa déception qu'il exprime.

— Cette déception, je ne me l'explique pas. J'ai cherché en vain les motifs de la brouille. On a dit : « Rome », l'expédition d'Oudinot contre la république de Mazzini, la République française qui assassine sa république sœur… Non. J'avais confié à Edgar Ney ce que je pensais de la répression déchaînée par l'administration du Saint-Père après qu'on l'avait remis sur le trône, et ma pensée tenait en une phrase : « La République française n'a pas envoyé une armée à Rome pour étouffer les libertés italiennes. » Cela, M. Hugo le savait. Toute la France connaissait mon sentiment. Nous étions en 1849, et nul ne pouvait douter de ma bonne foi. Ensuite, on a parlé d'un ministère que je lui aurais refusé. Tout Paris voyait M. Hugo ministre de l'Instruction publique dans mon gouvernement. Les Burgraves, les rouges, les généraux de l'Assemblée, les agents de Carlier, Morny lui-même, tous en parlaient, excepté lui, excepté moi. Rien de tout cela ne m'aurait aliéné son assentiment. Seulement, le poète avait franchi le zénith de sa course politique qui du pair de France devait faire un républicain rigoriste. Moi, prince et président, *a fortiori*, moi, empereur, nous devenions inconciliables. De mon action, il n'a plus voulu voir la grandeur.

— Qui d'autre l'aurait-il vue ?

— Eh bien… ceux qui travaillaient. Et d'autres encore, le propre fils de M. Hugo, par exemple. Qu'a-t-il écrit à son père, au tomber de rideau de l'Exposition universelle de 67 ? Écoutez cela : « Paris est éblouissant. Les nouveaux quartiers sont splendides. On construit maintenant des maisons charmantes et dans tous les styles. On multiplie les squares, les jardins, les promenades, les fontaines. Le mouvement de luxe est inouï ! Les voitures, les chevaux et les jolies femmes sont une fête de tous les moments pour les yeux. »

— Oui, mais cela, ce n'est que la croûte du règne, cher monsieur ! Et Charles Hugo n'est qu'un second couteau, et encore, parmi ceux-là, le couteau à beurre. Quelle voix claire et forte a laissé l'éloge de votre personne ?

— On m'a beaucoup jugé sur mon allure. Il en va ainsi en France, on s'attache beaucoup à la prestance. Un grand dadais, bien monté mais inepte manœuvrier, peut encore après sa mort briller dans le cœur de ses compatriotes. Quant à moi, du moment que ces perruches lubriques de frères Goncourt m'auront trouvé « du reptile dans l'approche et du caméléon dans le mouvement. Un air endormi et glacial, l'œil petit, éteint, et la peau, tout autour, ridée et plissée comme des paupières de lézard », tout était dit. Aux yeux de la postérité, je passais au mieux pour un varan de Komodo, au pire pour un automate vide de toute pensée.

— Allons, vos contempteurs ne se sont pas arrêtés à ça. Voulez-vous que je vous rappelle le dépit que vous avez inspiré à Tocqueville ?

— Non, je ne le veux pas.

— Eh bien, écoutez quand même, c'est glaçant : « En général, il était difficile de l'approcher longtemps et de très près sans découvrir une petite veine de folie, courant ainsi au milieu de son bon sens, et dont la vue, rappelant sans cesse les escapades de sa jeunesse, servait à les expliquer. On peut dire, au demeurant, que ce fut sa folie plus que sa raison qui, grâce aux circonstances, fit son succès et sa force : car le monde est un étrange théâtre. Il s'y rencontre des moments où les plus mauvaises pièces sont celles qui réussissent le mieux. »

— En qualité d'effet, c'est très en dessous de *Napoléon le petit*, si vous me permettez. Sans doute parce que l'analyse est plus juste. Mais, que voulez-vous, quand elle tonne, la voix de Hugo n'ébranle pas seulement les certitudes, elle lézarde les vérités. Tout au long de son exil, puis à son retour, il m'a poursuivi de sa rancœur, m'ayant rageusement fait grief d'un « crime ». Mais duquel ? Avoir mis un terme au régime le plus dévoyé du siècle ? Pas tout à fait corrompu, non, mais parfaitement absurde ? Entre parenthèses, vous en connaissez, vous, des thuriféraires de la IIe République ?

— Et les vôtres ? Parlons-en ! Citez-m'en un, à part cette vieille taupe de Mérimée !

— Laissez les amis de ma femme où ils sont, je vous prie… Ce que je veux dire, c'est que Victor Hugo a obstinément éclaboussé de boue mon action, au prix d'une mauvaise foi dont son génie aurait dû l'exonérer. Il a menti, mis en avant des sources biaisées ou invérifiables. Son *Histoire d'un crime*, il l'a publiée après ma chute, après ma mort. Il est plus significatif encore qu'il l'ait publiée après cette abominable histoire de Commune de Paris. Ne levez pas les yeux au ciel ! nous aurions été bien inspirés de nous épargner ce triste épisode, vous savez ! Enfin, ce que je veux vous dire, c'est qu'il transpose dans son *Histoire* des exactions perpétrées au cours de la Semaine sanglante, des anecdotes à faire trembler qu'on lui a rapportées. La Commune, au fond, il n'en a rien à faire. Tous vos écrivains, vos « voix », ont regardé les communards comme des « gorilles », à l'instar de M. Gautier. Même Zola a jeté l'éponge. Hugo s'en sert, lui, à seule fin de me poursuivre de sa vindicte, moi, jusque dans l'au-delà.

Il fait passer mes luttes pour un massacre auquel je suis étranger, et ma « tunique de Nessus », pour la tuerie orchestrée en 1871 par ce couillon d'Adolphe Thiers ! Seulement voilà ! Hugo a dit. Hugo a écrit. Un monarque moins inspiré que moi mais chanté par lui eût fait à l'âge d'or son totem…

— Il brandit l'idéal au nez du potentat !

— Il ménage sa postérité. Il rachète sa conduite passée au prix d'un empereur déchu et mourant. Mort déjà.

— Vous mentez ! Vous n'avez cessé de mentir.

— L'exercice du pouvoir, c'est de mentir à bon escient ; l'idéalisme au pouvoir, c'est de croire à ces mensonges.

— C'est ça. Dissimulez-vous derrière vos écrans de fumée. Vous ne privez personne de votre regard d'aigle, vous savez ?

— …

— Pour vous gagner un chantre tel que lui, il vous eût fallu un peu plus de hauteur, et à nous un peu plus de liberté.

— J'avais à rétablir l'ordre pour rendre au peuple sa souveraineté…

— Ah ! L'éternelle promesse des dictateurs ! Rétablir l'ordre, puis restaurer la démocratie.

— Ce que je fis.

— Ce que vous avez fait fin 69, véritablement *in extremis*, juste avant le naufrage du règne.

— Un naufrage imprévisible.

— Un naufrage inéluctable. Rappelez-vous Tocqueville !

— Encore ?

— Toujours ! Et là, prophète, dès 1852 : « Trente-sept ans de libertés nous ont fait la nécessité de la liberté de la presse et des discussions parlementaires. Si Louis-Napoléon nous les refuse, il se fera détester comme tyran ; s'il les accorde, elles le tueront. »

— Ce ne sont pas les libertés qui m'ont « tué », c'est une guerre qui a renversé le trône. Une guerre que je n'ai pas voulue.

— Ben voyons ! Vous enfilez les abominations comme les perles mais, chaque fois, vous dites : « Je n'ai pas voulu ! » On dirait un agresseur sexuel...

— ...

— Pardon...

— Il n'empêche : j'ai restauré la démocratie.

— Vous n'y êtes parvenu que contraint par les urnes.

— Précisément ! Si les urnes ont parlé, c'est que la démocratie vivait. Et si j'ai ressuscité la souveraineté parlementaire, c'est que les avais écoutées. Rappelez-vous donc la gabegie que j'avais trouvée ! On ne peut pas juger mon action sur la foi d'un seul récit ! La voix d'un poète n'y suffit pas !

— J'ouvre la fenêtre, c'est devenu intenable.

— C'est votre outrecuidance qui est intenable.

— Pffft...

— Accepteriez-vous une pastille de réglisse ?

— ...

— Vous n'aimez pas ?

— Admettons. Vous n'en avez pas moins ouvert l'ère des dictatures totalitaires. Des institutions à la botte, une presse muselée, un État policier, et puis l'armée, l'armée chérie, à tout propos, à toutes les sauces...

— La dictature, oui. Morny lui-même n'en appelait qu'à cela : « Il faut que la dictature triomphe ! Il faut que la dictature triomphe ! » Mais totalitaire, non ! J'ai mouché comme une chandelle les débats et les disputes, cela est vrai. Il est encore plus vrai que j'ai du sang sur les mains. Qui n'en avait pas ? Même la République, enfin... Mais, en même temps, j'ai encouragé l'initiative individuelle. J'ai laissé les Français libres d'entreprendre. La censure politique contre le plus absolu libéralisme économique, c'était le marché. Et cet échange, les Français l'ont agréé chaque fois qu'un scrutin leur en a fourni l'occasion.

— Comment osez-vous ? Vous qui avez normalisé la terreur...

— Hoooo ! : « On vous a dit que le peuple avait voté sous la pression de la peur, sous l'influence de la calomnie. Ce n'est pas vrai. Il y a eu terreur et calomnie avec excès ; mais le peuple eût voté sans cela comme il a voté. » Cela, c'est George Sand qui l'a écrit, au lendemain du plébiscite qui a consacré ma *révolution* du 2 décembre. Et à qui l'a-t-elle écrit ? À Mazzini ! La dictature était inéluctable. Les Français la préféraient à l'anarchie.

— « Il faisait rire ; tout à coup il fit trembler. »

— Ah mais ! Voulez-vous cesser de me jeter Victor Hugo à la figure ? C'est comme votre démocratie ! Vous m'assommez avec, cent cinquante ans après qu'elle a triomphé ! Et cela comme si j'étais parfaitement étranger à son triomphe ! Voulez-vous savoir la pensée que l'ultime chapitre de mon règne avait inspirée à Henri Bergson ? « Pendant ces sept mois, la France s'achemina de jour en jour, presque d'heure en heure, vers ce parfait équilibre entre la liberté et l'autorité auquel elle aspirait depuis longtemps. » Bergson, vous devriez aimer, non ? C'est si vrai que ma déchéance n'a pas suscité de révolution.

— Normal, c'était la guerre.

— Argument irrecevable, mon jeune ami. La présence de l'occupant prussien aux portes de Paris n'a pas empêché les Parisiens de se soulever contre la France en proclamant la Commune. Vous savez, nous ne sommes pas un peuple consensuel. La lutte fratricide sourd de chaque chapitre de notre histoire. Or, là, le 4 septembre 1870, je chois de mon trône, et pas un mort dans la rue ! N'est-ce donc pas que j'avais fait le lit de votre République, de votre démocratie ?

— Quelle bonne blague ! Vous espériez pour votre fils. Que ne vous êtes-vous écrié, au lendemain de l'ultime plébiscite, celui qui consacrait vos réformes « libérales » ? « Mon enfant, tu es sacré par ce plébiscite ! » Même pas quatre mois avant votre chute !

— Et alors ? Puisque les Français l'avaient sacré par leurs suffrages !

— Je veux croire, moi, que le 4 septembre ne prouve que cette vérité : le pouvoir conquis par le crime ne donne que des fruits stériles. Le Second Empire n'est qu'une parenthèse. Il me fait penser à une percée haussmannienne qui ne déboucherait sur rien. Pas un trait d'union, une balafre. Nous pouvons nous passer du souvenir de votre règne.

— Vous gommez aisément des mémoires. La IIIe République, au moins, faisait de moi un monstre. Vous, vous m'effacez. C'est votre procédé, vous biffez du programme. Sans mémoire, vous finissez par vous satisfaire de vous-même. En éclipsant le souvenir, vous obscurcissez le discernement. Vous éclipsez le dernier monarque, et vous vous dispensez de sonder les motifs *légitimes* de sa prise de pouvoir *illégale*. Vous me faites rire, avec votre démocratie. Et encore plus avec le totalitarisme de ma dictature. Jamais on n'a surveillé à ce point vos gestes et vos désirs. Votre police ne porte pas de bicorne mais des antennes. Vous ne caressez pas la liberté, mais son illusion. Ses fantômes, si vous préférez. Et cela vous suffit, semble-t-il. Repu de votre orgie de démocratie, vous vous éloignez de vos institutions. Vous ne jouez plus le jeu, vous ne votez pas. Cela fait si longtemps… Votre République se croit à l'abri du coup de force. Elle ne bouge plus. Elle prend du gras. Lasse de se porter, elle n'attend que l'heure de s'éclipser. Ah ! Tant d'inertie à secouer… Et partout, il court des renards pour duper, des béliers pour frapper. Du moment qu'il y aura la nuit pour jouer. Vous savez, la nuit des aventuriers, ce n'est pas celle du coup, de dé, de main, de filet, de force… La nuit des aventuriers, c'est l'éclipse.

Avertissement au lecteur et remerciements

Pour être romancée, théâtralisée plutôt, cette relation du coup d'État du 2 décembre 1851 ne s'appuie pas moins fermement sur la réalité des faits. Tous les éléments délivrés sont authentiques, ou tout au moins authentifiés par l'usage répété qu'en ont fait les historiens. En introduisant de longs dialogues, en nous immisçant dans la conscience de Louis Napoléon Bonaparte, nous avons certes pris des libertés avec l'histoire, mais les propos de ces séquences ne font que refléter des débats contenus dans des notes et des dépêches, ou rapportés par des témoins directs. Ainsi, les échanges du chapitre « La Promesse du sang » s'appuient-ils scrupuleusement sur les dépêches qu'au cours de la journée du 3 s'adressèrent les protagonistes du coup et, notamment, Maupas et Morny. Nous n'y avons ajouté ni un piment ni une pincée de sel. Seule licence autorisée, nous avons « invité » Maupas à ce conseil de guerre, alors qu'en réalité il n'y a pas assisté. Autre fantaisie, dans le chapitre « La Tentation de Massada ». La véracité de cet épisode au cours duquel Fleury, appuyé par Morny, propose au prince-président de se retrancher aux Tuileries ne repose que sur un bref passage des *Souvenirs* du général Fleury, publiés longtemps après. Sinon, parmi les contemporains du coup d'État, parmi ses protagonistes mêmes, seul Morny y fait une allusion sibylline – il est vrai qu'il attribua à Fleury un rôle capital dans l'affaire, comme s'il cherchait à se décharger quelque peu sur lui. Quant à la confrontation finale, elle est évidemment de pure fantaisie, même si les citations, les noms ou les faits que les interlocuteurs se jettent au visage sont pour la plupart vérifiables.

Un dernier détail : toujours dans le chapitre « La Tentation de Massada », Louis Napoléon interpelle son demi-frère « Auguste » et non « Charles ». Baptisé Charles-Auguste Demorny et présenté par les historiens comme le comte Charles de Morny, Morny se faisait néanmoins appeler Auguste par ses proches, sa grand-mère, la comtesse de Souza, son père et ses demi-sœurs, ou par Fanny Le Hon, sa maîtresse. Le personnage nous a paru si familier, à la longue, que nous avons perpétué cette privauté.

Nous devons notre relative rigueur historique à d'innombrables lectures. Le coup de force a immédiatement suscité une abondante littérature, souvent partisane. On se passera du récit qu'en ont fait Adolphe Granier de Cassagnac et Hippolyte Magen. Longtemps, quand ce ne fut pas le parti pris, ce fut l'imprécision qui greva les efforts des mémorialistes. Deux ouvrages relativement récents ont grandement contribué à éclairer le sujet, celui de Claude Vigoureux, *Maupas et le coup d'État de Louis-Napoléon*, préfacé par Jean Tulard (SPM, 2012) et celui de Patrick Lagoueyte, *Le Coup d'État du 2 décembre 1851* (CNRS Éditions, 2016). Nous leur devons beaucoup, comme nous devons quelque lumière à Éric Anceau, biographe de Napoléon III et auteur en 2009 de ce solide article : « Le coup d'État du 2 décembre 1851 ou la chronique de deux morts annoncées et l'avènement d'un grand principe », *Parlement(s) : revue d'histoire politique*, n° 12). Quant à *Histoire d'un crime*, nous avons assez laissé filtrer ce que nous en pensions. Reste le souffle, insurpassable.

Nous ne saurions conclure ce tribut sans remercier Laurence, patiente, attentive, pertinente, à qui je dois le meilleur de mon existence. Remercier ensuite Frédérique et Marie, Gilles et Jean-Louis pour les sorties nocturnes en roue libre, tous feux éteints, quand le virus croyait tenir l'amitié sous le boisseau. Remercier enfin Camille et Grégory, le premier de son soutien, le second de sa confiance, ainsi que Guillaume de sa loyauté.

Bibliographie sélective

Sur le coup d'État du 2 décembre 1851

- Aghulon, Maurice, « Le coup d'État était-il inévitable ? », *in* « Pourquoi réhabiliter le Second Empire ? », colloque du 21 octobre 1995 à Paris, actes publiés chez Bernard Giovanangeli Éditeur, 1996 (p. 44-50).
- Anceau, Éric, « Le coup d'État du 2 décembre 1851 ou la chronique de deux morts annoncées et l'avènement d'un grand principe », *Parlement(s) : revue d'histoire politique*, n° 12 « À l'heure du coup d'État », 2009 (p. 24-42).
- Apponyi, Rodolphe, *De la révolution au coup d'État, 1848-1851*, La Palatine, Genève, 1948.
- Bellouino, Paul, *Histoire du coup d'État*, Ludovic Brunet & Cie, 1852.
- Cassagnac, Adolphe Granier de, *Récit complet et authentique des événements de décembre 1851*, Kiessling et Cie, Bruxelles, 1852.
- Decaux, Alain, *Coup d'État à l'Élysée*, Perrin, 2008.
- Hugo, Victor, *Histoire d'un crime, déposition d'un témoin*, Paris, 1873 (rééd. La Fabrique, 2009).
- Lagoueyte, Patrick, *Le Coup d'État du 2 décembre 1851*, CNRS éditions, 2016.
- Lentz, Thierry, « Le coup d'État du 2 décembre 1851 signait-il la faillite de la constitution du 4 novembre 1848 ? », *in* « Pourquoi réhabiliter le Second Empire ? », colloque du 21 octobre 1995 à Paris, actes publiés chez Bernard Giovanangeli Éditeur, 1996 (p. 37-43).

- Vigoureux, Claude, *Maupas et le coup d'État du 2 décembre 1851*, préface de Jean Tulard, S.P.M., 2002.
- Vigoureux, Claude, « Le coup d'État », *in* « Napoléon III, l'homme, le politique », colloque des 19 et 20 mai 2008, à la Fondation Napoléon, actes Napoléon III éditions, 2008 (p. 123-146).

Biographies

De Napoléon III

- Anceau, Eric, *Napoléon III, un Saint-Simon à cheval*, Tallandier, 2008.
- Girard, Louis, *Napoléon III*, Fayard, 1986.
- Milza, Pierre, *Napoléon III*, Perrin, 2004.

De Morny

- Carmona, Michel, *Morny, le vice-empereur*, Fayard, 2005.
- Dufresne, Claude, *Morny, le roi du Second Empire*, Jean Picollec, 1993.
- Lolliée, *Frère d'empereur : le duc de Morny et la société du Second Empire*, 1909.
- Rouart, Jean-Marie, *Morny, un voluptueux au pouvoir*, Gallimard, 1985.

De divers protagonistes

- Farat, Honoré, *Persigny, un ministre de Napoléon III (1808-1872)*, Hachette, 1957.
- Hannotin, Denis, *Jean-François-Constant Mocquard : 1791-1864 : chef de cabinet de Napoléon III, un incontournable personnage du Second Empire ? : une existence, deux rencontres, trois vies*, Éditions Christian, 2014.
- Schnerb, Robert, *Rouher et le Second Empire*, Librairie Armand Colin, 1949.
- Maspero, François, *L'Honneur de Saint-Arnaud*, Plon, 1993.
- Valance, Georges, *Thiers, Bourgeois et Révolutionnaire*, Flammarion, 2007.

Documentation générale

- Apponyi, Rodolphe, *Vingt-cinq ans à Paris (1826-1850). Journal du comte Rodolphe Apponyi attaché de l'ambassade d'Autriche-Hongrie à Paris*, Plon, Nourrit & Cie, 1913.
- Fleury, Émile Félix, *Souvenirs du général comte Fleury* (tome 1 1837-1859), 1897 (rééd. Hachette/BNF, 2012).
- Hübner, Joseph Alexander von, *Neuf ans de souvenirs d'un ambassadeur d'Autriche à Paris sous le Second Empire, 1851-1859*, Plon, Nourrit et Cie, 1904.
- Magen, Hippolyte, *Histoire du Second Empire*, Bordeaux, 1870.
- Mitterrand, Frédéric, *Napoléon III et Victor Hugo, Le Duel*, X.O. éditions, 2019.
- Véron, Louis Désiré, *Mémoires d'un bourgeois de Paris*, Librairie Nouvelle, 1854-1856.
- Viel-Castel, Horace, *Mémoires du comte Horace de Viel-Castel sur le règne de Napoléon III (1851-1864)*, Paris, 1883-1884 (rééd. Robert Lafont, coll. « Bouquins », 2005).

FSC
www.fsc.org
MIXTE
Papier issu de sources responsables
FSC® C003309

L'éditeur de cet ouvrage s'engage dans une démarche de certification FSC® qui contribue à la préservation des forêts pour les générations futures.

Pour en savoir plus :
www.editis.com/engagement-rse/

Achevé d'imprimer en mai 2021
par Normandie Roto Impression s.a.s.
61250 Lonrai
N° d'impression : 2101880

Imprimé en France